准教授・高槻彰良の推察6

鏡がうつす影

澤村御影

角川文庫
22675

目次

主なキャラクター紹介

高槻彰良《たかつきあきら》

青和大学で民俗学を教える准教授。
頭脳明晰で顔立ちも整っている。怪異が大好き。

深町尚哉《ふかまちなおや》

大学生。嘘を聞き分ける耳を持つ。
高槻のもとでバイトをしている。

高槻渉《たかつきわたる》

高槻の叔父。ダンディでスマートな英国紳士。
高槻を引き取り数年間育てていた。

佐々倉健司《ささくらけんじ》
―捜査一課の刑事で、高槻の幼馴染。
目つきが鋭く強面。
生方瑠衣子《うぶかたるいこ》
―民俗学研究室の院生。
メガネの似合う美人なのだが……。
難波要一《なんばよういち》
―尚哉の数少ない友人。
さっぱりとした気のいい性格。

イラスト：鈴木次郎

第一章　お化け屋敷の幽霊

――あれから一週間が過ぎた。

音楽プレーヤーのイヤホンを外すと、蝉の声が耳に飛び込んできた。

深町尚哉《ふかまちなおや》は、強すぎる夏の陽射しに目を細めながら、大学図書館の前に立つ大きな桜の木を見上げた。

春には満開の花を咲かせる青和《せいわ》大学の名所の一つだが、夏場は蝉達の合唱大会の場と化すらしい。ぱっと見ただけでも大量の蝉が幹や枝にべたべたと張りついているのがわかって、少しうんざりした気分になる。小さい頃はよく蝉捕りして遊んでいたはずなのに、大きくなったらそんなに好きでもなくなったのはどうしてだろう。まるで夏の象徴であるかのようなこの声を聞いていると、暑さが余計に増すせいだろうか。

外したイヤホンを鞄《かばん》のポケットに突っ込み、蝉の声に背中を押されながら、図書館の中に入る。

ぎらつく太陽の下を歩いてきたばかりの目には館内は妙に薄暗く、尚哉は眼鏡の下で何度かまばたきを繰り返した。真夏の熱気も湿気も外に閉め出した館内は、やや効きすぎの冷房のせいでひんやりと乾いている。人の姿はあまりない。いつもは空き席を探すのが難しいくらい混んでいる一階の閲覧コーナーも、この時期はがらがらだ。

世間一般で言うところのお盆休みが終わっても、大学生の夏休みは終わらない。約二か月あるこの長い休暇期間を、世の中の学生達は遊びや旅行やサークル活動などで忙しく過ごしているのかもしれない。が、そうでない者にとっては持て余すばかりだ。結果、普段よりバイトの量を増やしてみたりすることになる。

隅の方の席に陣取り、尚哉は鞄から紙の束と赤ペンを取り出した。通信教育塾の採点のバイトだ。家でやってもいいのだが、大学まで出てきた方が気晴らしになるし、冷房代の節約にもなる。

模範解答をもとに、採点用紙に赤ペンで○×をつけていく。間違えないように注意は必要だが、あまり頭は使わなくて済むバイトだ。無心にペンを動かしていればすぐに終わる。逆にいえば、多少考え事をしながらでも、なんとかできなくはない作業。

閲覧コーナーはキャンパスの中庭に面していて、大きな窓から外の景色がよく見える。

尚哉は中庭の向こうに見える研究室棟の方へ、ちらと視線を投げた。

……長野から戻って以来、高槻《たかつき》とは顔を合わせていない。

今思い返しても、まるで悪い夢のようだったと思う。

青い提灯《ちょうちん》に照らされた、あの真夜中の祭も。無我夢中で走った暗い森も、漆黒の闇に閉ざされた黄泉比良坂《よもつひらさか》も。何もかも今となっては現実味などかけらも感じられない景色なのに、この身は確かにあの場にいたのだ。

だが、一番の悪夢は、あの夜からどうにか生きて戻った後にあった。

「彰良《あきら》。答えろ。今日は、何月何日だ」

「何月何日って。——八月十四日でしょう？」

突然意識を失い、帰りの車の中で再び目覚めた高槻は、佐々倉《ささくら》の問いにそう返して、不安げに首をかしげた。

「何でそんなこと訊《き》くの？　僕達、今日から長野に行くんだよね。深町くんの、例のお祭りを調べに」

佐々倉は険しい顔で口をつぐみ、黙って前方を睨《にら》みつけた。

尚哉は助手席から高槻を振り返ったまま、何を言えばいいのかわからなくなって、やはり口を閉じる。

二人の様子から何かを察したのだろう、高槻が慌てたようにポケットをまさぐり、スマホを取り出した。

画面に表示された日付を食い入るように見つめる。

「八月……十六日？」

再びこちらを見た高槻の顔は、すっかり強張《こわば》っていた。

「ねえ。何があったの、僕に」

「――一旦《いったん》車を停める」

佐々倉が言った。

そうしてサービスエリアの駐車場に車を入れ、そのまま車から降りもせずに、三人で間違い探しのように高槻の記憶の確認をした。

長野であった出来事を一つ一つ高槻に話して聞かせて――でも、高槻は呆然《ぼうぜん》とした顔で首を横に振るばかりだった。

十四日の朝、自分の家を出たところまで。それが覚えている最後らしい。

そこから先の全ての記憶を、高槻は失ってしまっていた。

「……駄目だ、覚えてない。今聞いたこと全部……何一つ、記憶に残ってない」

高槻がそう呟《つぶや》き、ぐしゃりと己の髪をつかんだ。

血の気の引いた顔をうつむかせ、そのまま高槻はぐしゃぐしゃと髪をかき回し続ける。長い指が乱れた髪の中に乱暴に挿し入れられる度、それがまるで己の頭蓋《ずがい》の中に指を突き入れようとしている仕草に見えて、尚哉はだんだん怖くなる。

「先生。落ち着いてください。……ちょっと休めば、もしかしたら」

言いながら、それが気休めにすらならないことを、尚哉自身がわかっていた。

高槻のこの記憶の欠落は、たぶん疲労や一時的な混乱によるものなどではない。

　あいつのせいだ。
青く輝く目を持つ――『もう一人の高槻』。

　と、高槻が急に顔を上げ、

「――そうだ。戻ろう」

　そう言った。

「何だって？」

　佐々倉がきつく顔をしかめて、高槻を見る。

　高槻は運転席の方に身を乗り出すようにしながら、早口に言い募った。

「そうだよ。今すぐ戻ろう。そして調べ直すんだ。その中村《なかむら》さんっておじいさんに、詳しく話を聞きたい。例のお祭りのことだって、その場所に行ってみたら、まだ何か痕跡《こんせき》を見つけられるかもしれないし――」

「――いい加減にしろ、彰良！」

　佐々倉の怒鳴り声が車の中に響いた。

　頬を張られたような顔で、高槻がびくりと身を強張らせる。

　佐々倉はただでさえ悪い目つきをさらに凶悪に歪《ゆが》めながら、高槻を睨み据えた。

「戻るだと？　ふざけんな、二度と行かせるかあんなところ！」

「……健司《けんじ》、だけど」

「死にかけたんだぞ。お前も――深町も」

まだ何か言おうとした高槻を遮り、佐々倉が低い声で言う。

びくりと、もう一度高槻の肩が震えた。

「あ……」

高槻が目を見開いて、尚哉を見る。青ざめた頬からさらに血の気が失《う》せていく。

先程の佐々倉の言葉は、残酷なまでに高槻の心臓を一突きにしていた。何一つ覚えていない相手に対してあまりに容赦がないとは思ったが、あれ以外に高槻を止められる言葉がなかったのだろう。尚哉の隣で、佐々倉がぎしりと奥歯を噛《か》みしめる音がする。わかっていて刺したくせに、と尚哉は思う。

あの真夜中の祭の場で、高槻は、尚哉の分まで己の寿命を差し出そうとした。それが至極当然のことであるかのように、あっさりと。

『僕には責任がある。ここに来ようと言ったのは、僕だ。僕が君を誘った。僕のせいで、君を危ない目に遭わせたんだ』

尚哉に対してひと言の反論も許さずにそう語ったことを、高槻自身はもう覚えてはいない。だが、あれは何もあの場限りの思考ではなかったのだと思う。普段から、高槻はそう考えていたはずだ。尚哉を巻き込んだのは自分なのだと。

そんな人が、あんな言い方をされたら——自分のせいで尚哉まで死にかけたのだと思ってしまったら、抵抗なんて一つもできるわけがない。

「……ごめん」

呟くようにそう言って、高槻が下を向いた。乱れた前髪がその表情を隠す。

「祭はもう終わった。このまま東京に戻るぞ」

わずかに声を和らげて佐々倉がそう言うと、高槻は、わかった、とだけ小さく答えた。

静まり返った図書館内に甲高い電子音が響き、過去の記憶に沈みかけていた尚哉はふっと我に返った。

携帯電話の着信音だ。自分のものではない。

「もしもし、ヒロキ？……うん、少しなら話せるけど」

誰かが電話に出て話し出すのが聞こえる。女子学生の声。たぶん、すぐ後ろにある本棚の裏だ。声をひそめてはいるが、周りが静かなので聞こえてしまう。

「今？　大学にいる。図書館。……いいでしょ、別に。ゼミ合宿の発表の準備だってば。……え、夜？……あー、ごめん、私この後、バイトがあって」

ふいに女子学生の声がぐにゃりと歪んだ。機械で滅茶苦茶なエフェクトをかけたように音の高低が不規則に乱れ、元の声とは似ても似つかぬ不快な響きに変わる。尚哉は反射的に耳を押さえる。

「悪いけど今、図書館の中だからさ。あんまり電話してると、周りの迷惑になっちゃうから。……うん。……うん、じゃあ、また連絡するね」

本棚の後ろから、ほっそりとした女子学生が出てきた。片腕に本を抱え、もう片方の手で通話を切ったスマホをしまいつつ、少し離れた閲覧席の方へと歩いていく。

なんとなく目で追っていると、彼女は、一人で座っていた男子学生の隣にすとんと腰を下ろした。二人で何か話し始める。距離があるので、会話の内容まではわからない。だが、彼女が随分と親密そうな笑みを浮かべているのは見える。

彼女と先程の電話の主がどんな関係かは知らない。今隣に座っている彼との関係も。

でも彼女は、先程の電話の主の誘いを、嘘をついて断った。

単に気乗りがしなかっただけかもしれないし、しつこく誘ってくる男を避けたかったのかもしれないし、実は今の恋人と別れる算段を始めているのかもしれないが——たぶん彼女にとっては、些細《ささい》な嘘なのだと思う。

誰だって嘘をつく。

さして意識もせずに、どうせばれないだろうと思って簡単に。

厄介なのは、どんな嘘でも聞き分けてしまう尚哉の方だ。それが殊更嫌なものであるかのように、気持ちの悪い音に変換してしまうこの耳の力。

尚哉は二人から目をそらし、鞄《かばん》から取り出したイヤホンを両耳に押し込んだ。

長野から戻って一週間。

尚哉を取り巻く日常は、それまでと何も変わらない。

朝、起きて。食事をして、洗濯をして、気温が上がりきる前に大学まで足を運び、勉強したり、バイトを片付けたりする。日によって、買い物をしたり、本屋をぶらついたり、映画館に行ったりすることもあるが、基本的にあまり人と話すことはない。

街中を歩いたり、電車に乗ったりするときには、イヤホンで両耳をふさぐ。でないと、誰かの声が歪むのを耳が拾ってしまうから。

そうか、こんなに何も変わらないんだなと、自分でも少し拍子抜けするほどだ。長野に行ったところでこの耳は元には戻らないだろうと、最初から思ってはいたけれど。

旅行の前に、遠山《とおやま》から言われた言葉を思い出す。

『私達はこの先も、この耳の力と共に生きていくしかないんだと思う。今更元通りになるものなんてない』

それなのに真実を知ろうとする行為にどれほどの意味があるのかと、そう問われた。

それに対して自分は、ただ知りたいだけなのだと答えた。

ずっと知りたかったのだ。

子供の頃に一度だけ迷い込んだあの祭が一体何だったのか。

長野に行って、それはわかった。ただの伝承ではなく、本当に現世に戻ってくる死者達。それを管理する山神。黄泉《よみ》に通じる山。死者を慰めるために用意された青提灯の祭。そうして形成された、異界化した祭の場。

かつて自分が見たものが、夢でも幻でも妄想でもなく本当にあったことなのだと——昔からずっとあの村で行われていた現実なのだと知った。

黄泉に通じる坂から戻ってきた尚哉に向かって、あのとき祖父はこう尋ねた。

『知って、満足したか？』

尚哉はそれに対し、知らないままよりはよかったと思う、と答えた。

だけど、本当にそうなのだろうか。

長野から戻って日が経つにつれて、だんだんとわからなくなっていく。

自分達が長野に行った意味は何だったのだろう。こんなに何も変わらないのに。

本当は、行かない方がよかったのではないのか。

……少なくとも、高槻にとっては。

別れ際の高槻の様子を思い出し、尚哉はぐしゃりと髪をかき回した。

あの後、帰りの車の中で、高槻はほとんど口を開かなかった。ただぼんやりと、青白い顔で窓の外を見つめていた。

都内まで戻り、先に車から降りることになった尚哉は、最後に高槻に向かって「大丈夫ですか？」と尋ねた。

高槻は尚哉を見て、少し困ったような笑みを浮かべ——「じゃあ、またね」とだけ言ったのだ。

尚哉の問いには答えずに。

たぶんあの人はあのとき、少しも大丈夫なんかじゃなかったのだと思う。

高槻とはそれ以来、会っていない。

向こうからも特に連絡はないし、尚哉の方でも高槻と何を話せばいいのかわからなくて、研究室を訪ねることができないままでいる。

尚哉はもう一度、窓の外に目を向けた。

いつもは様々なサークルがお祭り騒ぎを繰り広げている中庭も、夏休みだからか随分閑散としていた。そのせいで妙にがらんとして見えるキャンパスの中、研究室棟は普段と変わりなく佇《たたず》んでいる。あの三階に、高槻の研究室はある。

おそらく高槻はそこにいるのではないだろうか。高い本棚に囲まれた、いつもちょっと古本屋みたいなにおいのするあの部屋の中に。扉を開ければ、甘いマシュマロココアを手にした高槻が、いつも通りにっこり笑ってこっちを見る気がする。あの人のことだ、案外平気そうにしているかもしれない。

——やっぱり、研究室に行ってみよう。

そう思った。

このままいつまでもうだうだと考えていたところで埒《らち》が明かない。

手早く荷物をまとめ、エントランスの方へと歩き出したときだった。

ポケットの中に突っ込んであったスマホが震えた。

メールではない。電話だ。表示されている名前を見て、尚哉はぎょっとした。

佐々倉からだったのだ。

これまで佐々倉から電話をもらったことなどない。尚哉は慌ててエントランスホールまで走っていき、通話ボタンをタップした。

「はい、深町です」

『おう、暇か？　お前』

佐々倉のややハスキーな声が、開口一番にそんなことを尋ねてくる。

「な、何ですか、藪《やぶ》から棒に」

『悪いが、時間があるなら彰良の様子を見に行ってやってほしい』

「……はい？」

どうせ高槻がらみの用件だろうとは思っていたが、わざわざあらたまってそんなことを頼んでくるとはどういうことだろう。確かに佐々倉は高槻に対して少々過保護だが。

図書館の外に出て研究室棟に向かいつつ、尚哉は言った。

「ちょうど今から研究室に行くところだったんで、別にいいですけど……あの、もしかして先生、まだそんなに落ち込んでるんですか？」

『落ち込んでるっつーか……』

佐々倉が少し言い淀《よど》む。

ため息が一つ聞こえた後、

『……旅行から戻った後、あいつ、しばらく寝込んだんだよ。熱出してな』

「え？」

尚哉は思わず足を止めた。

『俺も忙しくて一回しか様子見に行けてないがな。本人曰《いわ》く、疲れが出たって話だったが、どうだかな』

別れ際の高槻の、青ざめた顔を思い出す。あの、全然大丈夫じゃなさそうな顔。もしかしたらあのときにはもう体調が悪かったのかもしれない。

「えっと、病院とかは」

『一応行ったみたいだが、風邪じゃないらしい。俺が行ったときは、解熱剤もあんまり効いてない感じだった。さっき電話したら、熱はもう下がったって言ってたが、本調子には程遠いと思う。だから大学の研究室に行ってもあいついないぞ、まだ家でおとなしくしてるはずだ』

「そんなにひどいんですか」

高槻は一人暮らしだ。一人暮らしのときの体調不良がひどく心細いものなのは、尚哉もよく知っている。

『ちょっとあいつの家まで行って、様子見てきてくれねえか。俺が相手じゃ、あいつは、大丈夫だとか心配するなしか言わねえんだよ。……けど、お前になら、あいつも素直に言うだろ』

佐々倉が言う。

高槻は、普段は平気で人に甘えるくせに、そういうところではおかしな気を遣う。相手に迷惑や心配をかけたくなくて、嘘をついてでも大丈夫なふりをする。

でも、高槻は、尚哉の前では決して嘘は言わない。

以前そう誓ったのを、今でも律義に守り続けてくれている。

とはいえ——だからといって、必ず全てを正直に話すわけでもないのだが。

「……俺が訊《き》いても、上手《うま》いことはぐらかされる気がしますけど」

『だから直接行けと言ってる』

「わかりました。今から行ってきます」

『面倒かけてすまねえとは思ってる。今度何か奢《おご》る』

「別にいいですよ。俺も先生のこと気になってましたし。……ていうか」

そこでふと気になって、尚哉は佐々倉に尋ねた。

「佐々倉さんって——俺の耳のこと、知ってるんでしたっけ」

記憶にある限り、佐々倉に話したことはなかったように思う。

佐々倉が口をつぐんだ。

ややあって、なんだか気まずそうにぼそりと、

『……前に彰良から聞いた』

「ああ、そうだったんですね」

『悪い。お前がしょっちゅう耳押さえたり、気分悪そうにするのが気になってな。俺から彰良に訊いた』

「いいですよ別に。俺も、先生のこと、佐々倉さんから聞きましたし。……ていうか、佐々倉さんて」

これまで、佐々倉の声が歪《ゆが》むのを聞いたことはない。

もともと嘘をつかない人なのだとは思う。でも、ひょっとしたら。

今までずっと、尚哉の前では気をつけてくれていたのかもしれない。

「佐々倉さんって……いい人ですよね。本当に」

『何だ急に。気持ち悪いな』

「顔は怖いですけど」

『顔が怖いは余計だ』

電話じゃなかったら、頭を叩《たた》かれていたかもしれない。

最後に「彰良のこと頼んだからな」とだけ言って、佐々倉からの電話は切れた。やっぱりいい人だ。


高槻の家は代々木《よよぎ》にある。ゆったりした造りの、六階建てのマンションだ。何度か訪れたことがあるから、場所は知っている。

佐々倉からの電話の後、そのまま代々木に向かった尚哉は、マンションの前まで来てはたと気づいた。

そういえば、高槻に何の連絡もしないまま来てしまった。

具合が悪いかもしれない相手の家をいきなり訪ねていいものなのだろうか。佐々倉なら気にせず上がり込むのだろうが、それは幼馴染《おさななじみ》ゆえの気安さだろう。

エントランスの前でしばし悩み、尚哉はスマホを取り出した。

とりあえず電話してみようと思う。寝ている最中だったら申し訳ないが、いきなりインターホンを押すよりはましな気がする。

コール三回で、電話がつながった。

『……もしもし？　どうかしたのかい、深町くん』

少し驚いたような声で、高槻が言う。

思っていたより普通そうなその声の調子にほっとしながら、尚哉は言った。

「あ、あの……佐々倉さんから、先生が熱出したって聞いて」

『え？　健ちゃんてば、何でそんなこと深町くんに……それでわざわざ電話くれたんだね、心配してくれてありがとう。でも、熱ならもう下がったから平気だよ』

その声に歪みはない。本当に、熱は下がっているのだろう。

「ならいいですけど……でもあの、佐々倉さんが、直接様子見て来いって、俺に」

『えっ』

「それで俺、今、先生のマンションの前にいます」

『えええっ、君、そんな『メリーさんの電話』じゃないんだからね!?』

高槻が本格的に驚いた声を出す。こんなときでも引き合いに出されるのが都市伝説というところが、大変高槻らしい。

ふー、と小さなため息が、電話の向こうで聞こえた気がした。

やっぱり迷惑だったかな、と尚哉は思う。

「あの、俺、やっぱ帰ります。連絡もなしにいきなり来てすみませんでした」

『……え、あっ、ご、ごめんね深町くん！　そんなことはないよ！　今エントランスのドアを開けるから、上がっておいで』

「でも」

『せっかく来てくれたのに、そのまま追い返したりなんてできないよ。それに――僕も、君と話がしたいと思っていたところなんだ。だから、ちょうどいい』

高槻が言った。

『長野での話を、もう一度聞かせてほしいんだ。僕が忘れてしまったことを』

エレベーターで高槻の家がある四階まで上がり、あらためてインターホンを鳴らすと、高槻はすぐに扉を開けてくれた。

「いらっしゃい、深町くん。どうぞ入って」

いつものようににっこりと笑って、尚哉を迎え入れる。

シャツにスラックスという格好や寝癖のない髪を見る限り、寝ていたわけではないらしい。家の中でもきちんとした格好なのが、なんだか高槻らしかった。だらっとした部屋着姿の高槻というのも一度くらいは見てみたい気がするが。

「ごめんね、健ちゃんが過保護なばっかりに、わざわざ来てもらうことになって」

「先生に対して過保護になりたくなる気持ちは、俺もちょっとわからなくはないです」

「待って、僕そんなに駄目かな⁉　自分ではちゃんとしてるつもりなんだけど……」

高槻が拗《す》ねたようにぼやきながら、尚哉をリビングへと案内する。

リビングには、かすかに甘い匂いが漂っていた。研究室で嗅《か》ぎ慣れた匂いだ。どうやらこの人は自宅でもココアばかり飲んでいるらしい。体調が悪かったという割に、家の中が荒れていないのはさすがだ。高槻は綺《き》麗《れい》好きな性格らしく、大学の研究室もいつも片付いている(瑠《る》衣《い》子《こ》が荒らさない限りは)。リビングに入るときにちらと見えたキッチンも、ココアの缶が出ている以外は物がなかった。

「外は暑かったでしょう。コーヒーは今切らしてるんだけど、アイスティーでよければ作ってあげるよ」

「あ、おかまいなく……ていうか先生こそ、病み上がりなんだから座っててください」

「このくらい平気だよ。それにこれから君にはたくさん話してもらうから、飲み物はあった方がいい。お湯ならもう沸かしてるから」

そう言って、高槻がキッチンに入る。ペットボトルの紅茶ではなく、茶葉から入れてくれるらしい。

一応見舞いに来た形になるわけだから、何か手土産でも持ってくるべきだったかもしれない。少し後悔しながら、尚哉はソファに腰を下ろした。これでは、いつも研究室を訪れるときと何も変わらない。

なんとなく手持無沙汰《てもちぶさた》な気分で、尚哉は部屋の中を見回した。

広々としたリビングは、研究室と同じく本が多い。壁に作りつけの大きな本棚の他に、後から買い足したと思われる小さめの本棚が幾つも置かれている。研究室と違うのは、研究書や資料本以外の本もたくさんあることだ。

大判の写真集や小説が多く並んだ棚を見るとはなしに眺めつつ、最初にこの家に入ったときのことを思い出す。あのとき、高槻がこんなにたくさん家に本を置いていることを少し意外に思った。高槻の記憶力なら、読んだ本は片っ端から捨てていってもいいはずなのだ。一度読みさえすれば、一言一句正確に覚えてしまえるのだから。

それでも手元に置き続けるのは、本当に本が好きだからなのだろう。ソファの前に置かれたローテーブルにも、読みかけと思われる本が出たままになっていた。丁寧に栞《しおり》が挟み込まれたその本は、もう何年も前に出版された小説だ。尚哉も読んだことがある、幾度も生まれ変わりを続けながら時を超えて互いを探し続ける男女の愛の物語。

尚哉がその本を手に取っているのが見えたか、高槻がキッチンから言った。

「それ、気になる？　深町くんもよく本を読むよね、よかったら貸そうか」

「あ、すみません、勝手に見て。これ、俺も前に読んだことあります」

「ああ、そうだったんだ。僕、その本好きでね。最初に読んだのは随分前だけど、今でもたまに読み返すんだ」

「先生、小説も結構読むんですね。しかも、読み返しまで」

「うん。好きな本は何回でも読むよ」

その辺は普通の人と変わらないのだと、高槻は言った。

己のこめかみを軽く指でつつき、

「勿論《もちろん》、僕の場合、内容は全部写真みたいに頭に入ってるんだけどさ。でも、読んで感じることはそのときによって違うこともあるし、何度読んでも同じところで泣けたりもする。……ただ記憶しておけばいいってものでもないんだろうね。そういう、感情にまつわるものっていうのはさ」

山ほど氷を詰めたグラスにポットの紅茶を上から注ぎ入れつつ、高槻が小さく笑う。

「だけど、おかげでなかなか本が捨てられなくてね。健ちゃんに時々呆《あき》れられるよ、家にこんなに本があるのにお前はまださらに本を買うのかって。僕なんかは、本っていうのはあればあっただけいいと思うんだけど」

「佐々倉さんは、あんまり本読まなそうですよね」

「そうだねえ。健ちゃんは、本読み始めるとすぐに安眠できるタイプだから」

高槻が言う。そういえば長野の図書館に行ったときにも、似たようなことを言っていた気がする。

高槻がキッチンから戻ってきて、尚哉の前にアイスティーのグラスを置いた。

「はい、どうぞ。ストローなくてごめんね」

「あ、ありがとうございます」

礼を言いながら、あらためて高槻の顔を見る。

少し痩《や》せたな、と思った。

普通そうにしているが、顔色も良くはない。やっぱりまだ体調が悪いのだろう。

と、高槻が苦笑して言った。

「そんなに心配そうに見ないでほしいな。しばらく熱が続いたもんだから、まだちょっとひどい顔に見えるかもしれないけど、もう具合はだいぶ良くなったんだ」

「……なら、いいですけど」

「それよりも、話を聞かせてくれないかな。長野で君が見たこと、感じたこと。もう一度詳しく、教えてほしい」

高槻がソファに腰を下ろす。その手には、研究室にいるときと同じく、マシュマロが浮かんだココアがある。

乞《こ》われるままに、尚哉は話した。主に、旧小山《こやま》村に入ってからのことを。

高槻はココアの入ったマグカップを両手で包むように持って、尚哉の話を聞いていた。時折質問を差し挟みつつ、ココアには一向に口をつけないままで。

高槻の瞳《ひとみ》が青みを帯び始めたのは、話が例の真夜中の祭の段になった頃だった。尚哉を見つめるその瞳は、話が進むにつれてどんどん藍《あい》の色を濃くしていく。あの日、高槻が記憶をなくす直前にも瞳が青くなったことを思い出し、尚哉は背筋に冷たいものを覚える。

だが、少しこちらに身を乗り出すようにして、尚哉の言うことをひと言たりとも聞き逃すまいと集中しているその真剣な顔は、間違いなく普段の高槻だった。あの『もう一人の高槻』の、人形のような無表情とはまるで違う。

そのとき唐突に、尚哉の胸に疑問がわいた。

——あのとき、高槻の瞳が一度も夜空の色に染まらなかったのはなぜなのだろう。

青提灯《ちょうちん》の祭の場にいたときも、黄泉比良坂に下りてからも。

高槻の瞳はずっと焦げ茶色のままだったように思う。

どういうタイミングで高槻の瞳が青くなるのかは、いまだによくわからない。でもなんとなく、あの場で高槻の瞳が変わらなかったことが不思議に思えてならない。

だってあれは、高槻がずっと見たがっていた異界の一端だったのに。

己の知りたい全てを覗《のぞ》き込もうとするかのようなあの瞳が、それを見逃すなんておかしくないだろうか。

高槻はじっと尚哉を見つめながら話を聞いている。奥底に無数の星のまたたきを隠したかのような、ほのかに輝く夜空の瞳で。その中で、『もう一人の高槻』もまた、尚哉の話にじっと耳を傾けているような気がする。

そのうちに尚哉は、ああそうか、と思った。

高槻は記憶を失ってしまったから、尚哉が今語っている内容を知らない。

そして『もう一人の高槻』もまた——見ていないから、知らないのではないだろうか。

あの真夜中の祭に招かれた後のことを。

　だからああやって、高槻の中で神妙に尚哉の話を聞いているのだ。

　その証拠に、朝になったところまで話が進むと、高槻の瞳はいつの間にか元の色に戻っていた。

　尚哉が語り終えると、高槻は一つ息を吐いて、ソファの背もたれに背中を預けた。マシュマロがすっかり溶けてしまったうえに冷めきったココアを、のろのろと口に運ぶ。

「……困ったなあ、やっぱり一つも覚えてない」

　途方に暮れたような顔で小さく笑って、高槻はゆっくりと視線を動かした。

　リビングの扉の方を見やって、

「十四日の朝。僕は、旅行の支度を終えて、あの扉を出た」

　静かな声で、高槻が言った。

　尚哉も扉の方に目を向ける。

　そこに、その日の高槻の姿が見えるような気がする。荷物を詰めた鞄《かばん》を持って、扉に歩み寄る高槻。その表情はいつも通りに楽しげで、足取りは軽い。

「玄関に向かって歩いてたら、電話がきた。マンションの下に着いたから下りてこいって、健ちゃんから。あらかじめ言ってた時間よりちょっと早かった」

　佐々倉からの電話を切った高槻は、少し慌てて靴を履く。

　そして、玄関の扉を開き、外に出る。

「そこまでだ。僕が覚えているのは、そこまで」

幻のように思い描いていたあの日の朝の高槻の姿が、ふっと消え失《う》せる。

「次の記憶は、もう帰りの車の中だ。深町くんが心配そうな顔でこっちを振り返って、健ちゃんが僕に向かって『今日は何月何日だ』って尋ねる」

高槻は力なく首を振り、またココアを一口飲んだ。

その顔色は、先程よりもさらに青白く見える。

「……大丈夫ですか？　先生」

尚哉はそう尋ねた。

高槻は曖昧《あいまい》に笑っただけで、答えなかった。

冷めたココアを、たいしておいしくもなさそうにまた口に運ぶ。

「僕は――ずっと、知りたかった。この世に本物の怪異は存在するのかどうか。……せっかく本物の只中《ただなか》にいたのに、それを覚えていないなんて、あんまりだ。そのうえ、失っていた記憶をやっと取り戻したっていうのに、また忘れてしまうなんてね」

高槻が怪異にこだわるのは、過去に自身が遭った神隠しの謎を解きたいからだ。

今回、黄泉比良坂で、高槻はそのときの記憶を思い出したという。

けれど、その記憶は再び消されてしまった。

あの、『もう一人の高槻』に。

「一体何なんだろうね、その『もう一人の僕』っていうのは」

高槻が苦い声で言う。

尚哉は尋ねる。

「先生は……前から『もう一人』のこと、知ってたんですか？」

「うん、そういうものが僕の中にいるらしいっていうことはね。『もう一人』が出ている間の記憶は、僕にはないんだ。後になってから、周りの人に指摘されて気づく。……神隠しに遭う前には、そんなことは一度もなかった」

ならばやはり、あれは高槻の過去にまつわる存在なのだ。

「現実的に考えれば、それはいわゆる多重人格というものだ。僕の身に起こった出来事を考えれば、そうなっても別におかしくはない。虐待や犯罪によるストレスから自分の心を守るために、僕は僕の中に別の人格を生み出したのかもしれない。実際、解離性同一性障害の疑いありってことで、病院にかかったことはあるんだよ。催眠療法だの心理カウンセリングだの色々試したけど、そういう場では『もう一人』は絶対に出てこなかったし、どの治療も特に効果はなかった。それに、解離性同一性障害だとしても、瞳の色まで変わる症例っていうのは……さすがにね」

淡々とした口調で言いながら、高槻はカップの縁にこびりついたココアを指でなぞる。

「でも、今回のことから考えると、どうやらその『もう一人』こそが、過去の僕の記憶を消した張本人だということになりそうだね。しかも、それは何らかの約束によるものだったらしい」

思い出す。

あのとき、高槻から全ての主導権を奪い取ったかのように現れた『もう一人』は、こう言った。

『駄目だ。お前は、思い出してはいけない。――それは、約束違反だ。彰良』

かつてどんな約束があったというのだろう。

それは、一体何のためのものだったのだろう。

「そしてもう一つ。今回のことでわかったことがある」

高槻が言った。

「その『もう一人の僕』が出てくる前に、僕が言った言葉だ。僕は、『あの人』って言ったんだよね？」

黄泉比良坂で、高槻が背中の傷と共に追体験した記憶。

高槻はあのとき、大きな手が見えた、と言った。

――僕が『帰りたい』と言ってあんまり泣いたものだから、言われたんだ。

――『そんなに帰りたいなら、帰してやろう』って。

――そして、あのひとは、大きな手で僕の頭をなでて、それから、僕の背中に。

そこであのときの高槻の言葉は途切れた。

「『あの人』というからにはやっぱり、僕が遭ったのは、神隠しじゃなくてただの誘拐事件だったってことなのかなあ。それとも、子供だった僕が『人』と認識するような何かだったのかもしれないけど。でもとにかく、十二歳の僕の失踪《しっそう》には、何者かが関わっているということだ。僕はただ消えたのではなく——誰かに、さらわれた」

マグカップを持つ高槻の手に力がこもる。伏せた目に、暗い光が宿る。けれどその力はすぐに溶けるように消え、高槻はカップを静かにテーブルに戻した。

「でも、わかったのはそれだけだ。結局、肝心なことは何一つわからないままなんだ」

高槻が片手で顔を覆った。

「……駄目だ。どうしても、考える度に力が抜けていく感じがする」

手のひらの下で、高槻が細い息を吐く。

その手がかすかに震えていることに気づいてしまって、尚哉は胸の中が苦しくなる。

「どれだけ僕が知りたがっても、そのためにどれだけの努力をしても、この先もまた同じことになるかもしれない。たとえ僕が知りたかった真実にたどり着いても、『もう一人の僕』に何度となく記憶を消されて、それで終わりなのかもしれない。それなら僕は、これからどうすればいいんだろうね。僕がやっていることに……意味は、あるのかな」

知りたい、と思うことは、高槻の原動力だ。

この人は、己の過去の真実を知りたいというその気持ちを糧に生きてきた。欠落した記憶を取り戻すためにひたすら動いて、その結果が再びの記憶の欠落だというのなら——こんなひどい話はない。

しかも敵は、高槻自身の中にいるのだ。

「……ああ、本当に駄目だなあ……こんな情けない姿、君にはあんまり見せたくなかったんだけどな」

顔を覆った手をはずし、高槻が困った顔で笑う。

こんなときまで笑わなくていいのにと思いながら、尚哉は目を伏せる。

体力も気力も尽きかけて、こんなに辛《つら》そうなのに、どうしてこの人はまだ笑おうとするのだろう。

それでも――これは、高槻が尚哉の前で初めて吐いてくれた弱音のような気がする。

それなら自分は、何ができるだろうか。今のこの人のために。

これまでいつも、自分は守られ助けられる側だった。調布《ちょうふ》の神隠し事件では襲ってきた相手から身を挺《てい》して守ってくれたし、風邪を引いて中耳炎になったときには家まで押しかけてきて看病してくれた。長野でだってそうだ。黄泉《よみ》に連れ去られそうになったところを高槻が追いかけてきてくれなかったら、きっと今頃自分はここにいない。

尚哉は再び目を上げた。高槻を見る。

血の気を失った頬。痩《や》せて少し細くなった顎《あご》。いつもはきらきらと輝いている瞳《ひとみ》も、今は暗く曇って見える。これまで見たことがないほどに弱ったその姿に、今更衝撃を受けている場合ではない。なんとか元気になってもらう方法はないものだろうか。

――そして、尚哉は気がついた。

「先生」

ココアの匂いしかしない部屋。

先程ちらと見えたキッチンの様子を思い出す。綺麗《きれい》に片付いたキッチン。食器用の水切り籠《かご》には一枚の皿もなく、鍋《なべ》もフライパンも出ていなくて。出しっぱなしになっていたのは、ココアの缶くらいのもので。

「先生……ごはん、ちゃんと食べてますか？」

高槻の肩が、ぴく、と小さく動いた。

重ねて尚哉は尋ねる。

「食事。摂《と》ってますか？」

「……あはは」

「笑ってごまかさない！」

尚哉は思わず声を上げた。

尚哉がここを訪ねたのは昼過ぎだ。昼食か、せめて朝食の後片付けをした痕跡《こんせき》くらいあってもいいものなのに、何もなかった時点で気づくべきだった。

「ええと、その、ちょっと食欲がなくてね」

「まさかずっとそうだったとか言わないですよね⁉」

「ずっとじゃないよ勿論《もちろん》！　最初の頃はレトルトのお粥《かゆ》とかスープとか食べてたし、健ちゃんが来たときには卵粥作ってくれたし！　でも、その……熱下がってもだるさが抜けなくて、ちょっと面倒で」

「だからってココアだけで生きようとしないでください！　そりゃ痩せるし顔色も悪くなりますよ！」

明後日《あさって》の方向を向いてなんとかごまかそうとしている高槻を、尚哉は頭を抱えたい気分で睨《にら》んだ。これだから佐々倉も過保護にならざるをえないのだと思う。

「ああもう……俺、何か作りましょうか？」

「え？」

「キッチンと冷蔵庫の中身、勝手に使っても良ければですけど」

「それはかまわないけど、え？　深町くんが作ってくれるの？」

「たいしたものは作れませんけどね」

そんな目を丸くして驚かないでほしい。尚哉だって一人暮らしだ。自炊は基本だ。

キッチンに入り、冷蔵庫を覗《のぞ》いてみる。なかなかに空っぽな様子が悲しい。一人暮らしとは思えぬ大容量の冷蔵庫なのに。

後ろにくっついてきた高槻に向かって言う。

「先生。渉《わたる》さんに叱られて以来、割と自炊してるって言ってませんでしたっけ」

「してたよ！　してたけど、旅行から帰ってからは、ほら、寝込んでたから」

「まあ、買い物にも行けなかったんでしょうけど……冷凍庫も開けていいですか？」

引き出し式の冷凍庫をがらがらと開けてみる。こちらも充実しているとは言いがたいが、幸いなことに冷凍のごはんを発見できた。

「……近頃あんまり食べてないんなら、お粥とかの方が食べやすいですかね」

「うーん、お粥はちょっと飽きちゃったかも……健ちゃんが結構たくさん作って置いていったんだよね」

「ええと、そしたら」

確かさっき見た冷蔵庫の方に、かろうじてハムと卵があった気がする。ならばメニューは決まった。冷凍ごはんをつかみ出し、再び冷蔵庫を開ける。

「先生は座って本でも読んでてください」

調理器具と調味料の保管場所を聞き、高槻をリビングに押し戻す。料理しているのを横でずっと見ていられるのは落ち着かない。

リビングから、高槻がこっちに声を投げてきた。

「ねえ、深町くん。ちゃんと君の分も作るんだよ？」

「え？　何でですか」

「君だって、お昼食べてないんじゃないの？　それにね、ごはんは一人で食べるより二人の方がおいしいんだから」

「はあ……わかりました」

材料はなんとか二人分ある。それなら遠慮なく使わせてもらおうと、卵を割ってかき混ぜていたら、なんだか視線を感じた。

ソファに座った高槻が、妙にわくわくとした表情でこっちを見ていた。

「な、何ですかっ？　読書でもしててくださいって」

「え、やだよ、せっかくだから見てる」

「やめてください。落ち着かないので」

「えー。だって、誰かが自分のために料理してくれるのを見るのって、嬉《うれ》しくない？」

その気持ちはわからなくもないが、だからってそんなごはん待ちをしている大型犬みたいに姿勢正しく座って見つめられても困る。昔飼っていたゴールデンレトリーバーにそっくりすぎて、ないはずの尻尾《しっぽ》がぱたぱた振られている幻が見えそうだ。

その後も高槻がにこにこしながらこっちを見続けているので、尚哉は結局落ち着かない気分のまま、調理を終えてリビングに戻った。

「どうぞ」

そう言って、高槻の前に皿を置く。

高槻はまじまじと皿の上の料理を見つめ、

「わあ。まさかのオムライス！」

「あ、もしかして苦手ですか？　ていうか、まだオムライスは胃に重いですかね」

「いや、そんなことはないけど。意外と可愛らしい料理を作るんだなあと思って」

「仕方ないじゃないですか、冷蔵庫の中身と自分のレパートリー突き合わせて考えたらこれしかなかったんです！　あ、タマネギなかったんで、中のケチャップライスはハムとごはんだけになってますからね。だから、おいしいかどうかはわかりませんよ」

「それは大丈夫。だってこれは、きっとおいしいから」

食べもしないうちからそんなことを言って、高槻がスプーンを手に取る。

ひと口食べ、にっこりと笑って、高槻は言った。

「うん、おいしい！　深町くんは料理が上手だね、卵も綺麗に包めてるし」

「そうですか」

その声に歪《ゆが》みがないことに尚哉は安堵《あんど》した。少しでも食欲が出たなら何よりだ。

自分の分のスプーンを手に取りながら、尚哉はふと思い出して口を開いた。

「――前に」

「うん？」

「『何か食べておいしいって思えるなら、それはとても幸せなことだ』って言ってた人がいて。先生が今、おいしく食べられてるなら、よかったです」

高槻がスプーンを持つ手を止めて、尚哉を見た。

目を細めるようにして優しく笑いながら、言う。

「よく覚えてるね、そんな言葉」

「覚えてますよ」

それは、尚哉が寝込んだときに看病に来てくれた高槻が言った言葉だ。

長野であった出来事は諸々《もろもろ》話して聞かせたけれど、あの黄泉比良坂で尚哉が見たものについて詳しくは話していない。

だから、礼を伝えそびれていた。

「そういうの全部覚えてたから、俺はあの黄泉比良坂から戻ってこられたんです」

「……そうだったんだ」

「ええ。——感謝してます」

目を閉じれば、瞼《まぶた》の裏ではじける金の火花が今も見えるようだ。

タマネギ抜きのオムライスは、やっぱり味に締まりがない気がしたけれど、高槻はなんだかとても嬉しそうな顔をしながら、きっちり完食した。

洗い物をして再びリビングに戻ると、高槻はノートパソコンを開いていた。

画面を見つめて苦笑しながら、

「うわあ。しばらくパソコン開けてなかったから、メール溜《た》まってるなあ……急ぎの用件はないみたいだけど——あ」

高槻の手が止まる。

「どうかしたんですか？」

「ああ、うん。『隣のハナシ』に、メールがきてるんだ」

「え？」

『隣のハナシ』は、高槻が開設しているサイトだ。これまで高槻が集めてきた都市伝説の分類と例話が主な内容だが、一般投稿も受け付けている。そんなサイトだからか、よくメールフォームを通じて怪異にまつわる相談が持ち込まれるのだ。

「いつもみたいな相談のメールですか？」

「相談というほど深刻ではないみたいだけどね。依頼人は学生かな、夏休みの短期バイトで、遊園地のお化け屋敷で働いてるって書いてある。で、そのお化け屋敷がちょっとおかしいんだって」

「おかしい？　機械トラブルが起きるとかですか？」

「いや、お化けが出ないはずの場所で悲鳴を上げる客が多いらしい」

「え？」

「ひょっとしたら本物のお化けがいるのかもしれないから、よかったら調べに来てほしいってことなんだけど」

「本物のお化け……って、どんなのですか？」

「詳しくは書いてないんだ。どうもこの子自身が見たわけではないみたいだね。まあ、話としてはよく聞くタイプのものではあるけど」

　高槻が言う。

　尚哉はソファに腰を下ろしつつ、

「お化け屋敷に本物のお化けが出るって、そんなによくある怪談なんですか？　あんまり俺は聞いたことないんですけど」

「結構あるよ。有名なところだと、ディズニーランドのホーンテッドマンションとか」

「えっ」

　そこなら小さい頃に尚哉も入ったことがある。行ったのがクリスマス時期だったからか、なんだか楽しげなクリスマス装飾がされていて、怖いというよりは楽しいアトラクションだった気がする。

「ディズニーランド自体が、結構色々な都市伝説を持ってるところなんだけどね。ホーンテッドマンションにまつわる話だと、一番有名なのは『無限回廊の幽霊』かな。本棚が並ぶ部屋の後に、『この廊下はどこまで続くのか私にもわからない』っていうアナウンスと共に無限に続いているように見える廊下の前を横切るんだけど、そこに手招きする女の子の霊が出るんだ。女の子じゃなくて、ピノキオの人形を持った男の子の霊っていうパターンもあるね。他にも、半透明の幽霊達が舞踏会を繰り広げているシーンで、どう見ても場違いなおかっぱ頭の女の子がいるのを見たという話もある。僕も昔探しに行ったことがあるよ」

「え、わざわざ探しに行ったんですかっ？」

「残念ながら、僕の目をもってしても見つからなかったけどね」

　高槻が肩をすくめて笑う。

「そもそも遊園地というのは、都市伝説が生まれる条件を完璧《かんぺき》に備えた場所だよ。人は、慣れ親しんだ日常的な場所よりも、あまりよく知らない非日常的な場所にこそ怪異を見《み》出《いだ》す。明るく華やかで、多くの見知らぬ他人同士が集う遊園地という場所は、何もかもが日常からは遠い。だからこそ、そこに死角のように人がいない場所があれば恐怖を覚えることもあるし、見慣れぬものを見ればいつまでも印象に残る。ましてお化け屋敷ともなればなおさらだ。人々はそこに恐怖を求めて行くわけだからね。怖いと思って見れば、枯れ尾花は簡単に幽霊と化す。怪談の一つや二つ、生まれて当然だよ」

　講義のときのような口調で、高槻がそう語る。

　尚哉は高槻のノートパソコンに視線を向けた。

「それじゃあ、その依頼、受けるんですか？」

「そうだねえ……どうしようかな。別に風評被害が発生して困ってるってわけでもなさそうだし。お化け屋敷に本物のお化けが出るならむしろ本望って気もするしね」

　高槻が軽く首をひねるようにして言う。

　あまり乗り気ではなさそうなその口調に、尚哉は思わず、

「――受けましょうよ、それ」

　そう言った。

　高槻がちょっと驚いたようにまばたきして、尚哉を見る。

　尚哉は高槻の方に身を乗り出してその目を見返し、

「いいじゃないですか、お化け屋敷に本物のお化けが出るなんて、いかにも夏らしいネタだし、面白そうじゃないですか！　話を聞きに行ってみませんか」

　力を込めて、言ってみる。

だってこれは、いつもの高槻だったら、目をきらきらさせながら「本物のお化けが出るお化け屋敷なんて最高じゃないか！ 今すぐ話を聞きに行こう！」とでも叫び出しそうなネタなのだ。この反応の薄さは、やはりまだ本調子ではないせいだろう。

でも——さっきお化け屋敷にまつわる都市伝説の話をしたとき、高槻の瞳《ひとみ》の中にちらと楽しげな光がよぎったのを、尚哉は見た。

高槻が元気を取り戻すために必要なのは、やっぱり怪異なのではないかと思う。

確かに、高槻が怪異を求めるその根幹にあるのは、己の過去の真実を明かしたいという動機だ。だが、それを抜きにしたって、怪異について語るときの高槻は、いつもとても楽しそうなのである。

いつものように調査に出かけて、そこで何か高槻の興味を引くようなものがありさえすれば、高槻はいつもの高槻に戻るのではないだろうか。たとえすぐには戻れなくても、部屋の中でいつまでも悶々《もんもん》と考えているよりは、外に出て楽しんだ方がいい気がする。そもそもお化け屋敷なんて、いかにも高槻好みな娯楽だ。

高槻はしばらく、どこかぽかんとした顔で尚哉を見つめていた。

やがてその顔に、ふわりと笑みが浮かんだ。

「……うん。そうだね」

そのふわりとした笑みは、やがて妙に嬉《うれ》しそうな笑顔へと転じていく。

なぜだかそれは、さっきオムライスを食べていたときと同じ顔のように見えた。

「そうだね、深町くんの言う通りだ。せっかくだから話を聞きに行こう。深町くんも一緒に来てくれるんだよね？」

勿論《もちろん》です、と尚哉はうなずいた。

何しろこの長い夏休みを、尚哉はほとんど暇に過ごしているのだ。

依頼人とはそれから数日後に、新宿《しんじゅく》で会うこととなった。

新宿駅の改札で高槻と待ち合わせて、放っておけばあっという間に迷子になる高槻を尚哉が先導して、依頼人と会う約束になっているカフェに向かう。

いつものようにスーツをまとった高槻は、見た限りでは体調は良さそうだった。食事もきちんと摂《と》っているようで、顔色もいい。

待ち合わせのカフェは、レジで先に注文を済ませるセルフサービス形式だった。高槻がアイスティーを、尚哉がアイスコーヒーを頼み、受け取った飲み物を片手に店内を見回す。

と、窓際の席に座っていた女子二人連れが、こっちを見て手を挙げた。真っ直ぐな黒髪を肩までのばした色白の女子と、栗色に染めた髪をショートボブにした女子。

「こっち！　こっちです、高槻先生！」

「わー、お世話になりますー！　やだ本当イケメンなんだけどどうしよー！」

依頼人は一人だと思っていたのだが、友達でも連れてきたようだ。高槻の顔は、あらかじめネットででも調べてあったのだろう。

きゃあきゃあとはしゃいでいる女子達のテーブルに歩み寄り、高槻が挨拶《あいさつ》した。

「どうも、青和大の高槻です。こちらは僕の助手の深町くん。お化け屋敷の件でメールをくれたのは、君達だね」

そう言って高槻が彼女達の向かいの椅子に腰を下ろすと、それだけでまたきゃーっと歓声めいた声が上がった。なんだか芸能人にでも会ったかのような反応だ。ちなみにその横に同じく腰を下ろした尚哉のことは、地味すぎて目に入っていないらしい。

黒髪色白の方の女子が、まず名乗った。

「あの、私がメールした大木《おおき》梨乃《りの》です。よろしくお願いします！」

「私は、梨乃と一緒にバイトしてる槙野《まきの》愛莉《あいり》です！　あのー、先生のことは前にテレビの怪奇特番で見ててー、それ以来ファンなんです、会えて嬉しいですー！」

栗色ショートボブも、高槻に握手を求めながらそう名乗る。

高槻のもとにくる調査依頼は、時にひどく切羽詰まった内容のものもあるのだが、今回はどうも「噂のイケメン准教授に会ってみたい」という動機の方が先に来ているものだったようだ。どうりでメールの文面に深刻さがなかったわけだ。

とはいえ、まさか相談内容まで全くの嘘ということはないだろう。

「それじゃ、話を聞かせてもらってもいいかな」

にっこり笑って高槻が促すと、梨乃と愛莉は代わる代わる話し始めた。

「えっと、私達、リドルパークのお化け屋敷でバイトしてるんです」

「リドルパークは、毎年夏に特別興行のお化け屋敷を作るんです。機械じゃなくて人間がおどかすタイプのやつ。だからスタッフがたくさん必要で、夏季限定のバイト募集がかかるんです」

リドルパークというのは、文京《ぶんきょう》区にある遊園地だ。

梨乃と愛莉はそれぞれ別々の大学に通っているそうなのだが、バイトの面接で一緒になって意気投合し、そのまま友達になったのだという。めでたく二人そろって採用され、仕事内容やおどかし方のレクチャーを受けて、お化け役として働くようになった。

夏季限定のお化け屋敷の内容は、毎年変わる。趣向を凝らした造りや仕掛けが毎回話題を呼び、行列ができるほどの人気なのだそうだ。

「リドルパークの夏季限定お化け屋敷なら、僕も前に行ったことがあるよ。ストーリー仕立てになっていて、とても面白いよね。今年はどんなコンセプトなの？」

「『呪われたA小学校』っていうタイトルなんです。メインになる幽霊は、かつてその学校で教えていた夜香《よるか》っていう名前の先生」

「これ、お化け屋敷のホームページです」

高槻の問いに梨乃が答え、愛莉が自分のスマホを差し出す。

画面に表示されているのは、古ぼけた小学校の校舎を背景にして宙に浮かぶ血まみれの女の生首だった。その下に、真っ赤な文字で『呪われたA小学校』というタイトルが入っている。なんだかいかにもな雰囲気だ。

高槻が画面をスクロールさせると、「ストーリー」という項目が出てきた。

『――かつてA小学校には、夜香先生という女の先生がいた。

彼女は責任感の強い先生で、自分のクラスの児童達をとても愛していた。

あるとき、発表会の準備で、クラスの児童が三人、放課後まで居残りをした。

しかし、そこへ殺人鬼がやってきた。夜香先生は児童達を机の下やロッカーに隠したが、次々見つかって、一人、また一人と殺されてしまう。

最後に殺された夜香先生は首を切り落とされたのだが、その首は宙を飛び、殺人鬼の喉元《のどもと》に食らいついて、そのまま噛《か》み殺した。

首だけになった夜香先生は、廃校となったA小学校を今なおさ迷っている。自分が隠した児童達を探しているのだ。「出てらっしゃい……」と呼びかけながら――』

「わあ、今年のお化け屋敷も楽しそうだね！　これはぜひ行ってみたいな！」

高槻が子供のように目を輝かせて言いながら、愛莉にスマホを返す。

その様を見ながら、尚哉は少しほっとした。いつもの高槻に戻りつつあるようだ。やっぱり依頼を受けてよかったと思う。

「それじゃ、お化け屋敷の中は、廃校みたいな造りになってるんだね？」

「そうです。昇降口から入って、普通の教室、廊下、理科室、音楽室、保健室っていう風に順に回っていく形になってます」

お化け役は、机の下や壁、ロッカーの中などに潜み、いきなり飛び出しては客を怖がらせる。お化け屋敷の中はとても暗いうえに入り組んでいるので、進むべき方向がわからなくなったり、あまりの恐怖に座り込んでしまったりする客などもいるため、時にはそうした客の誘導などもするのだという。

出口の外にはアンケート用紙が置いてあり、どこが一番怖かったかとか、全体の恐怖度は何点かといった内容を書き込んでもらうようになっている。勿論全ての客が書いてくれるわけではないが、毎日そこそこの数のアンケートが回収され、それらは全てスタッフルームの壁に貼られる。

「自分が担当していた場所が怖かったって書いてあると、やっぱり嬉しいんですよね。逆に、『おどかすタイミングが悪い』って書かれてたら、あーって反省したりして。でも、あるとき、変な回答があることに、愛莉が気づいたんです」

それは、『出口の前の廊下にある鏡が怖かった』というものだった。

客は様々な部屋の中でお化けにおどかされ、最終的には追い回されて、慌てて最後の廊下に入る。

他の部屋と違い、この廊下には血まみれの人形もなければ、大きな音を立てる仕掛けもない。突き当たりに大きな古い鏡が一枚掛かっているだけの、単なる廊下だ。廊下は鏡のところで直角に折れ、そのまま出口へとつながっている。これまでさんざん怖いものを目にしてきた客にとっては、ようやく普通の空間に戻ってこられたぞと一気に気が緩む場所である。

だがここは、いわばお化け屋敷のクライマックスだ。

客が廊下に入った後、壁の隠し扉から出てきたお化け役が、唸《うな》り声を上げながらぎりぎりまで客に近づいて追い立てる演出になっているのだ。客は驚き、絶叫して、出口に向かって駆け出すことになる。

だから、ここの廊下が怖かったというのは当たり前なのだが――しかし。

「鏡は、ただの鏡なんですよ。何の仕掛けもないんです」

梨乃が言った。

「なのに、アンケートにははっきりと、『鏡が怖かった』って書いてあって。どういうことなんだろうって、その場にいたスタッフ皆で顔を見合わせたんです。で、結局そのときは、『何かを見間違えただけなんじゃないか』ってことになったんですけど……」

「別のアンケートにも、似たような内容のことが書いてあった？」

高槻の問いに、梨乃と愛莉はこっくりとうなずいた。

『最後の鏡が怖かった』『鏡に映った夜香先生怖すぎ』『最後の最後にあんなの見せるのやめてほしい』『出口前の鏡、マジでトラウマなんですけど』――そういったことが書かれたアンケートは、調べてみると何枚も見つかった。全部が同じ日に書かれたわけでもないし、勿論筆跡も違う。誰かがいたずらでやったものとは思えなかった。

「そしたら、田村《たむら》くん――その最後の廊下でおどかし役をやってるバイトの子が、ああそうだったのかって言ったんです。たまに、彼がおどかしに入るよりも先にお客さんが悲鳴を上げて逃げてっちゃうことがあったらしくて。あれは鏡を見て怖がってたんだなって、納得がいったって顔をして」

だが、その鏡が怖いわけはないのだ。ただの鏡なのだから。

ますます気になった梨乃と愛莉は、ツイッターやインスタなどのSNSを調べてみたのだという。するとやはり、「鏡に幽霊が映っていた」だの、「あの鏡ヤバすぎ」だのといった書き込みが見つかった。

「で、その話を照井《てるい》さんにしたら――あ、照井さんっていうのはリドルパークの社員さんで、お化け屋敷の担当の人なんですけど、変なこと言い出したんです」

「変なことって？」

高槻が尋ねると、梨乃と愛莉はちょっと顔を見合わせた。

愛莉が口を開く。

「……夏季限定のお化け屋敷って、外部からお化け屋敷のプロデュースをしてくれる専門家を呼んで作るんです。ずっと同じ人に頼んでたらしいんですけど、今年はいつもと違う人らしくて。で、その人がなんかやたらはりきってるらしくて、本当に廃校になった古い小学校から鏡を譲り受けてきたそうなんです。照井さんが言うには、それが問題の鏡なんだって……それで、スタッフの間でも、もしかしたら本物の幽霊がその鏡に憑《つ》いてるんじゃないかって話になって」

「成程《なるほど》。それで僕のところにメールを送ってきたというわけだね」

高槻が言うと、梨乃と愛莉はまたこっくりとうなずいた。

「ふうん、それはなかなか面白い話だね」

指先で軽く己の顎《あご》をなでながら、高槻がちらと尚哉に目線を向ける。

尚哉は小さく首を横に振った。梨乃と愛莉の話に、今のところ嘘はない。二人の相談は、イケメン准教授見たさにひねり出した作り話ではなく、本当のことなのだ。

ガムシロップを大量に入れたアイスティーを一口飲み、高槻が言った。

「その鏡というのは、どんな鏡なのかな？」

「四角くて全身映るタイプの鏡です。枠とかついてなくて、本当に鏡だけの……えっと、ちょっと古めの旅館とかに行くと、脱衣所にあるようなやつ。結構染みが浮いてて、だからちょっと不気味といえば不気味なんですけどね。上の方に、『昭和五十二年寄贈』って書いてあって」

「ああ、いわゆる姿見鏡とか全身鏡とか呼ばれるやつだね。学校だと、階段の踊り場とかによく設置されるやつだ。そういう鏡って、学校の怪談でよくネタにされるよね」

高槻が言う。

尚哉が通っていた小学校にも、そんな鏡があった。設置場所は踊り場ではなく、保健室近くの廊下だったが、御多分に漏れず、学校七不思議の一つになっていた。確か、真夜中にその鏡の前に立つと鏡の中に引きずり込まれるとかそんな話だったはずだ。

「スタッフの人達はどうなの？　スタッフで、その鏡を怖がってる人はいないの？」

「今のところ、幽霊を見たっていうスタッフはいないです。鏡の前の廊下でお客さんを追い立てる役は男性スタッフがやるんですけど、皆おかしなものを見た覚えはないって言ってて」

「私達も点検とか掃除とかで何度も鏡の前を通りましたけど、別に何もないですね。私、ホラーとか大好きだから、幽霊いるなら見てみたいんですけどねー」

梨乃と愛莉がそろって首を横に振る。お化け屋敷で働いているというだけあって、二人ともお化けは怖くないようだ。

愛莉が、自分のアイスコーヒーのストローをいじりつつ言った。

「てゆーか、何であそこに鏡があるのか、よくわかんないんですよねー」

「あ、それ、私も思ってた！」

梨乃がうなずく。だよねだよねと、愛莉がうなずきを返した。

高槻が首をかしげた。

「わからないっていうのは？　廃校が舞台だから、学校によく置いてあるような鏡を置いてるんじゃないのかな」

「それはそうかもしれないんですけどー、でも、それならそれでちょっと変なんです」

愛莉がちょっと口を尖《とが》らせるようにして、ストローをくわえた。

「だってその廊下、全然学校の廊下っぽくなってないんです」

「え？」

「壁には黒い布張ってあるし、床も黒くて、本当にただの『通路』って感じなんです。他の部屋はどこも学校っぽくしてあるのに。それに、『呪われたA小学校』の話の中にも別に鏡は出てこないんです。だから、アイテムとして重要なわけでもないし」

「壁が黒いのは、隠し扉があるのをわかりづらくするためなんですけどね。でも本当にその廊下って、あの鏡を置くために作ったものっぽくて……照井さんに訊《き》いても、『プロデューサーの人がどうしてもあそこに鏡が必要だって言ったものだから』って」

愛莉も梨乃も釈然としない顔で言う。

確かに奇妙な話かもしれない。

何しろその鏡があるのは、お化け屋敷の一番最後なのだ。

大トリを飾るアイテムとして設置されているはずなのに、何の仕掛けもなく、意図もわからない。それなのに、プロデューサーはその鏡が必要だと言っているというのだから、余計に気になる。

「だから、スタッフの間では、やっぱりその鏡が呪われた鏡だから、あえて置いてるんじゃないかっていう話が出てるくらいで。霊感の強い人には何か見えるんじゃないかって言ってるんですけど」

「残念ながらうちのスタッフ、誰一人として霊感ないんですよねー。先生はどうなんですか？　幽霊見えたりとか祓《はら》えたりとかしないんですか？」

「うーん、残念ながら、僕も霊感は全くない」

高槻が苦笑して言う。

「とはいえ、その鏡には興味を惹《ひ》かれるな。ぜひ見てみたいと思うよ。あと、もし可能なら、そのプロデューサーの人に話を聞いてみたいな。お願いできるかい？」

「えっと、その人、ちょいちょいお化け屋敷の様子を見に来るから、たぶん大丈夫だと思います。照井さんに、次はいつ来るか聞いてみますね」

梨乃がうなずいた。

尚哉は横で話を聞きながら、そっと高槻の様子を窺《うかが》った。

いつもだったら、途中で梨乃か愛莉の手をがっしと握って「素晴らしいよ！」などと盛り上がり始めそうなものだが、今日は一向に大型犬モードになる気配はない。やっぱり調子が良くないのかなと、少し心配になる。

とはいえ、依頼は正式に受けた形になったようだ。その鏡に興味があるというのは本当のようだし、調査を通して本調子に戻ってくれるかもしれない。そう思いたかった。

後日、高槻から、お化け屋敷のプロデューサーと会う算段がついたと連絡があった。

そんなわけで、九月初めの土曜日、尚哉はリドルパークへ向かった。

高槻との待ち合わせは、午前十一時にリドルパークのゲート前だった。

大学生以外はもう夏休みも終わっているはずだが、週末ということもあって人は多い。

親子連れやカップルで混み合う中、耳に押し込んでいたイヤホンをはずしつつ辺りを見回すと、人込みの中でも目立つ長身二人連れが目に入った。

遊園地だというのにスーツ姿の高槻と、相変わらず私服が黒くてヤのつく職業の人に見える佐々倉だ。

「おう。遅《おせ》えぞ、深町」

「まだ待ち合わせの五分前ですけど……何で佐々倉さんもいるんですか？　今日って、例のプロデューサーの人に話を聞きに来たんですよね？」

「プロデューサーさんとの約束は夕方なんだけど、その前に普通にお客さんとしてお化け屋敷を見ておきたいからね。それにせっかく遊園地に来るんだもの、それだけじゃつまらないじゃない？」

　高槻が言う。どうやら普通に遊ぶ気満々らしい。

「え、じゃあ、乗り物とかも乗るんですか？」

「そのつもりだけど——あれ、もしかして深町くん、絶叫マシン駄目な人？」

「駄目……かどうか、わからないです」

「どういうこと？」

「えっと、俺、あんまり遊園地って来たことなくて」

　小さい頃は、親に連れられて何度か遊園地に行ったことがある。が、背丈が足りないうちは乗れるものも少なかったし、そもそも親が絶叫マシンが苦手だったこともあって、その手のものに乗った覚えがほとんどない。尚哉の耳がこうなってからは家族で出かけることも少なくなったし、一緒に遊園地に遊びに行くような友達もいなかった。

「そっか。それじゃ、今日はたくさん楽しまないとね」

高槻がにっこり笑う。

それから、ふっと尚哉の背後に目を向けて、ひらひらと片手を振った。

「おーい、こっちだよ」

「お待たせしてすみません！」

やってきたのは、瑠衣子だった。

長い髪を翻しながら、慌ただしく走ってくる。今日は眼鏡ではなくコンタクトで、化粧もきちんとしていた。透け感のあるロングシャツにタンクトップとデニムを合わせた格好は、大学で見かけるときよりも少しだけお洒落《しゃれ》で活動的な雰囲気だ。

なんとなく既視感のある眺めだなと思ったら、去年の夏に谷中《やなか》に行ったのと同じメンバーだった。佐々倉と会うのはあれが初めてだったし、瑠衣子とまともに話したのもあのときだった気がする。

「全然待ってないから大丈夫だよ、瑠衣子くん。今が待ち合わせ時間だからね。——さ、それじゃ、中に入ろうか」

高槻が言い、四人でゲートをくぐる。

途端、賑《にぎ》やかな音楽と歓声がわっと全身を包み込み、遊園地という名の非日常がまるで仕掛け絵本のように一気に目の前に立ち上がった。

きらびやかに装飾されたメリーゴーランドの中で、お伽《とぎ》話そのままの白馬や馬車が優雅に回っている。振り子のように左右に大きく揺れる宙吊《ちゅうづ》りの海賊船からは、歓声とも悲鳴ともつかない声が絶え間なく聞こえてくる。頭の上を通り過ぎた轟音《ごうおん》に思わず身をすくめて振り返ると、高い位置に作られた線路を疾走するコースターが見えた。ゆったりと回り続ける巨大な観覧車、とんでもない絶叫と共にはるかな高みから降ってくるフリーフォール。五感を通して入ってくる情報があまりに多すぎて、ちょっとぼうっとしてしまう。辺りに漂う甘い匂いは、売店で売られているチュロスだろうか。それともキャラメルのかかったポップコーンのものだろうか。

突然向こうの方で「リドルマンだー！」と歓声が上がり、子供達が一斉に一つの方向へと走り出した。彼らが目指す先には、水玉模様の帽子をかぶった赤髪のピエロがいる。どうやらあれが、この遊園地のシンボルキャラクターの『リドルマン』らしい。丸く膨らんだ体にクエスチョンマークが描かれた派手なジャケットをまとい、どた靴の先を鳴らしては、周りの客に身振り手振りで挨拶《あいさつ》している。リドルマンが白い手袋をさっと一振りすると、生垣の中から魔法のように無数のシャボン玉が湧き上がった。わあっと子供達がまた歓声を上げ、リドルマンは気取った様子でお辞儀をする。

リドルパークに来るのは今日が初めてなのに、尚哉はなんだかひどく懐かしい気分になっていた。小さい頃に遊園地に連れて行ってもらった記憶がよみがえったのかもしれない。あの頃は、この場所こそが夢の国なのだといともあっさり信じて、閉園時間になっても帰りたくないと駄々をこねて親を困らせたような気がする。

「アキラ先生、どこから回ります？」

瑠衣子が、ゲート脇から取ってきたパンフレットを広げながら言った。

高槻はにんまり笑って遊園地の地図の一点を指差す。

「それは勿論《もちろん》、ここからだよね！」

高槻の指の先にあったのは、言うまでもなくお化け屋敷だ。

そのまま颯爽《さっそう》とした足取りで高槻が歩き出す。方向音痴の高槻に先導させて大丈夫なのかと一瞬思ったが、すぐに『呪われたA小学校』という大きな看板が出た建物が見えてきた。前に来たことがある場所でなら、高槻が道に迷うことはないのだ。

お化け屋敷は、一応ハリボテで小学校らしい外観に仕立ててあった。設置されたスピーカーからは怖そうな音楽と悲鳴がひっきりなしに流れている。なかなかに人気のアトラクションのようで、何度も折り返すほどの行列ができていた。

四人で列に並びつつ、ちらと尚哉は佐々倉の顔を見上げた。

案の定、佐々倉は渋い顔をしていた。この強面《こわもて》にもかかわらず、佐々倉は幽霊が苦手なのだそうだ。

「佐々倉さん、やっぱりお化け屋敷も苦手ですか？」

「……三十半ばにもなって何で遊園地のお化け屋敷なんかに、って思っただけだ」

ぎろりとこちらを睨《にら》み下ろし、佐々倉が言う。その声に歪《ゆが》みはないが、こちらの質問に明確に答えなかった辺り、少々怪しいと尚哉は思う。

すると高槻が言った。

「別にお化け屋敷は子供のためにあるわけじゃないよ？」

「どうだか。基本、子供だましだろうが」

「まあ、遊園地のお化け屋敷っていうのは、客層の問題で子供向けにしてあるところも多いけどね。でも、もともとのお化け屋敷は、大人が楽しむものでもあったんだよ」

「お化け屋敷って、見世物小屋がルーツなんでしたっけ？」

尚哉が尋ねると、高槻はうなずいた。

「そう言われてるね。でも、そもそもの素地としては、江戸《えど》時代の怪談ブームがある」

講義で何度も高槻が取り上げている内容だ。

いわゆる怪談と呼べるもの自体は、もっと古くからあった。平安《へいあん》時代に書かれた『日本霊異記』や『今昔物語集』にも鬼や幽霊の話は幾つも載っている。『源氏物語』にだって、生霊だの死霊だのが登場する。室町《むろまち》時代には、『百鬼夜行絵巻』などが作られ、多くの化け物絵が生み出された。

だが、それらが娯楽と結びつき、怪奇趣味の流行として花開くのは、江戸時代になってからだ。

「十八世紀後半から十九世紀前半くらいのことだ。寛政《かんせい》年間から文化《ぶんか》・文政《ぶんせい》の頃、大衆文化は爛熟《らんじゅく》し、人々は怪奇なるものに興味を惹《ひ》かれるようになった。やっぱり歌舞伎の影響が大きくて、鶴屋南北《つるやなんぼく》が書いた『東海道四谷怪談』が大当たりしたのがこの頃だね。絵画の世界でも、鳥山石燕《とりやませきえん》や葛飾北斎《かつしかほくさい》、歌川国芳《うたがわくによし》といった有名画家達が、幽霊や妖怪《ようかい》やグロテスクな怪奇画を多く描いた。怪談集が幾つも編まれ、町人達は百物語に興じ、怪談ブームが巻き起こったというわけだ。それで、その怪談ブームの一つとして、化け物細工というものが作られるようになったんだけど」

「化け物細工？　人形ですか」

「そう。木彫りの細工物に絹や獣の皮や魚の皮を張って、幽霊や化け物の人形を作る人達が現れたんだ。こういった人形は見世物小屋で使われたり、芝居小屋で使われたりして、人気を集めた。個人でもそういう人形を買い求める人はいて、一八三〇年には、東《ひがし》大森《おおもり》に住む瓢仙《ひょうせん》というお医者さんが、自宅の離れに化け物の人形を置き、壁や天井にも化け物の絵を描かせたそうだよ。この離れは『大森の化け物茶屋』と呼ばれて、多くの人が見物に訪れた。これが今で言うお化け屋敷の走りみたいなものかもしれないね。まあ、あまりにも人気になりすぎたものだから、当時の代官に『医者が見世物師の真似をするとはけしからん』って怒られて、数か月で潰《つぶ》すことになったらしいんだけど」

柔らかな声で楽しそうにそう語って、高槻が笑う。やっぱりこういう話をしているときの高槻は、生き生きとしている。

「とはいえ、部屋の中に化け物の人形を飾るだけじゃ、お客さんも飽きてくる。見世物師は、さらにお客を集めるために知恵を絞った。そこで考えついたのが、当時流行の歌舞伎の演目を、精巧なからくり人形を使って再現するというものだったんだ。見世物小屋の中に入ると、怪談の場面が幾つも再現されてるというものだよ。そのうちにこうした興行は歌舞伎からも離れ、変死体やら地獄絵図やらを再現したものになっていく。こういう『怖いシーンを次々見て回る』という形式は、その後のお化け屋敷の形式として根強く継承されていった。今でもそういうタイプのお化け屋敷は結構残ってるんじゃないかな。墓場の次になぜか唐突に拷問部屋が現れたり、お化けどころか猛獣まで出てきちゃうような、とりあえず怖いもの全部集めましたみたいなやつ」

「ああ、そういえば小さい頃に入ったお化け屋敷って、そんな感じでした」

高槻の言葉に、尚哉は記憶を掘り起こす。どこの遊園地だったかは忘れたが、建物の中に入ると、暗い通路の先に古井戸やお墓、化け物の入った檻《おり》などが設置されていた。それらのセットは、前を人が通るとセンサーが反応するのか、ろくろ首がお墓の裏からのびたり、檻の中の化け物が暴れたりするのだ。

と、佐々倉がぼそりと言った。

「……つーか、そもそも何でそんなに怪奇趣味が流行《はや》ったんだよ。好き好んで怖がりたがる連中の気が知れねえ」

「それを言ったら、遊園地なんて基本的に悲鳴を上げるために来てる人ばっかりじゃないですか？　皆好き好んで怖がりに来てますよ。……何でかは知らないですけど」

絶叫の尾を長く引きながら頭上を駆け抜けていくコースターを見上げ、尚哉は言う。

　すると瑠衣子がふふんと笑って、

「佐々倉さんも深町くんもわかってないわね。『怖い』と『楽しい』は表裏一体なのよ」

「何だそりゃ」

　佐々倉がじろりと瑠衣子を見下ろす。が、瑠衣子も佐々倉とは付き合いが長いからか、怯《おび》えることもなくにこにこと佐々倉を見上げ、

「人間の脳味噌《のうみそ》って、ストレスがかかると、それを緩和するために快楽物質を分泌するんですよ。ほら、お化け屋敷に入ると、いつお化けが出てくるのかな、どんな風におどかされるのかなって思って、すごくドキドキするじゃないですか。このときすでに脳は頑張って快楽物質を出してるんですけど、緊張してるから本人は気づかない。で、いざお化けがばーんと出てくると、恐怖と緊張がピークに達して、さらに快楽物質が出る。でも、お化け屋敷のお化けって、ずっとはいないですよね。そのうちまた引っ込んだり、客が次の部屋に移動したりして見えなくなる。そうすると、恐怖と緊張は一気に緩和して、ストレスから解放された脳内には大量の快楽物質だけが残るわけです。その気持ちよさが『楽しい』に変換されるんですよ」

「麻薬みたいなもんか」

「そうですね。お化け屋敷の中なんて、そんな緊張と緩和の連続なわけですから、どんどんハイになっていっちゃう。だからお化け屋敷の出口を見てると楽しいですよ、悲鳴

を上げて出口から駆け出してきた人達が、外に出た途端に笑い崩れたりしますから」

「けど、ギャン泣きしながら出てくるガキだっているだろ」

「あー、それは、与えられた恐怖が緩和する前に限界を超えちゃった場合ですね。小さい子はまだ現実と想像の区別があんまりついてなくて、出てきたお化けを本物と思い込んじゃったりしますから」

ちょうど横を通り過ぎていった家族連れを見送りながら、瑠衣子が言う。

彼らは、どうやら前方のお化け屋敷から出てきた直後のようだ。ぎゃあぎゃあ泣いている弟を兄がからかい、両親が苦笑しながらなだめている。小学校低学年と思われる弟にはお化け屋敷はまだ早かったらしい。が、高学年らしき兄の方は存分にお化け屋敷を楽しんだようで、興奮した顔で笑っている。

「ある程度大きくなると、お化け屋敷にいるお化けは全部作り物だってわかるようになるんですよね。本当に危ない目に遭うことは絶対にないし、どんなに怖くても出口までたどり着きさえすれば必ず恐怖は終わる。だけど、それなりに怖い思いは味わえる。安全かつお手軽に恐怖が楽しめるからこそ、人はお化け屋敷に並ぶんだと思います。要は刺激が欲しいんですよ、皆」

瑠衣子が肩をすくめて、お化け屋敷の入口に向かって延々続く行列を見やる。

列はまだあまり進んでいない。九月になっても衰えることのない強い陽射しに炙《あぶ》られながら、あのハリボテの校舎の中でわっとおどかされるのを皆心待ちにしているのだ。

「瑠衣子くんの言う通りだね。僕らは皆、心のどこかで常に刺激を求めてる。いつもと違う『非日常』を」

　高槻が言った。

　ゆっくりと首を巡らせ、賑《にぎ》やかな遊園地の景色を見渡して、にこりと笑う。

「お化け屋敷のルーツである見世物小屋は、もともと寺社の出開帳《でがいちょう》などに伴って行われることが多かった。つまり『ハレ』の場なんだよ」

『ハレ』というのは、民俗学でよく使われる言葉だ。

　人々の生活は、『ハレ』と『ケ』の二つに分けられるのだという。

『ハレ』は儀礼や祝祭などの特別なことが行われるときを、『ケ』はそれ以外の日常を指す。昔は『ハレ』の日には普段は着ない晴れ着をまとい、常とは異なることをした。

『ハレ』とは、つまり『非日常』を指す言葉なのだ。

　多くの者が集まる出開帳、そしてそれに伴う見世物小屋の興行は、日常から遠く離れた非日常に他ならない。

「慣れ親しんだ日常は安全で安心なものだけど、ちょっと退屈だ。その退屈を打ち破る特別な体験が、『ハレ』の場で味わう非日常なんだよ。普段だったら別に見たくもないグロテスクなものも、自分の日常から離れた場所で見るなら、瑠衣子くんの言う『楽しい』へと変換される。しかもそこで約束されているのは、僕らに対して決して牙《きば》を剝《む》くことのない、作り物の恐怖や残酷さだ。お化け屋敷に受け継がれているのは、そういう精神なんだよ」

高槻が、今並んでいる行列の先、ハリボテの小学校の方へと目を転じた。スピーカーから流れる、耳をつんざくような甲高い悲鳴。いかにも恐ろしいことが起こるぞと言わんばかりの音楽。

「本来、人々にとって、怪異というのはそういうものであるべきなんだろうね。僕ら自身には害を与えることのない、柵《さく》の向こうに覗《のぞ》き見る安全な非日常。だからこその娯楽なんだ」

怪異の当事者になってしまえば、それはもはや娯楽ではなくなるのだ。

尚哉は、これまで高槻のもとを訪れた依頼人達のことを思い返した。自分の住んでいるアパートが幽霊物件なのではないかと怯えたり、四の呪いにかかったのではないかと恐怖したり。皆、自分の置かれた状況を楽しむ余裕などなかった。

尚哉だってそうだ。あの長野の村で死者に囲まれ、黄泉《よみ》へと続く坂道に取り残されたときの恐怖といったらなかった。

そのときだった。

「だからー、本当にやばいんだって、ここのお化け屋敷！」

そんな声が聞こえた。

思わずそっちの方へ首を巡らせると、折り返した隣列に並んでいる大学生くらいの男女四人連れが、ハリボテの校舎を指差しながら話していた。

「お化け屋敷の中に置いてある鏡が、取り壊しになる本物の廃校から持ってきたものらしくて」

「染みだらけの鏡面に、本物のユーレイが映るんだってさ！」

「え、やだ、本物は勘弁してよ！　てゆーかそんなのあるわけないし」

「けど、見たって人、たくさんいるらしいし」

先日、梨乃と愛莉から聞いたのとほぼ同じ内容だ。彼らの声が大きいので、他の客達も振り返って話を聞いているようだった。

高槻が少しそちらに身を乗り出し、彼らに話しかけた。

「ねえ君達、その話はどこで聞いたの？」

いきなり知らない人に話しかけられて驚いたのか、彼らが口をつぐむ。

が、ここで功を奏するのが高槻の顔だ。品よく整った顔を見上げ、女子の一人が口を開く。

「えっとー、ツイッターで誰かが呟《つぶや》いてて」

「そうそう。バズってたから」

その横の男子もうなずく。梨乃と愛莉も、確かＳＮＳに書き込みがあったと言っていた気がする。随分と拡散されているようだ。

「君達は、このお化け屋敷に来るのは初めてなの？」

高槻が尋ねると、先程答えた女子と男子が「初めて」と返した。もう一人の女子もうなずいてみせる。

「君も、初めて？」

高槻は、最初に声を上げた男子学生に向かって笑いかけながら、そう尋ねた。

彼は何だこいつという顔で高槻を見ながら、こう答えた。

「初めてだけど」

その声がぐにゃりと歪《ゆが》み、尚哉は反射的に片手で耳を押さえた。

今、彼は嘘をついた。彼は前にもここに来ている。

でも、一体何の意味があって、彼は嘘をついたのだろう。

高槻は尚哉にちらと目を向けると、あらためて彼に向き直り、にっこり笑って「そう。どうもありがとう」と言った。


やがて列は進み、お化け屋敷の入口が近づいてきた。

すると高槻が、大事なことを思い出したとでもいうような顔で、

「そうだ。今のうちに組み合わせを決めておこう」

「組み合わせ？」

「ここ、二人一組で入るんだよ。それじゃ、ぐーぱーで決めるよ。はい、ぐーぱー」

いきなり言われて、慌てて尚哉は手を突き出す。

尚哉がぐーで、瑠衣子がぱーで、高槻がぱーで、佐々倉がぐーだった。

瑠衣子がきゃーっと声を上げ、高槻の腕に抱きついた。

「それじゃアキラ先生、廃校の中にご一緒しましょーねっ」

「よろしく頼むよ、瑠衣子くん」

あちらはどうやら美男美女のペアが出来上がったようだ。

尚哉は佐々倉を見上げた。

佐々倉はじろりと尚哉を見下ろし、

「おう。怖気《おじけ》づいたら途中で置いてくからな」

「佐々倉さんこそ、パニックになってお化けに殴りかかったりしないでくださいよ」

「なるか馬鹿」

大きな手が尚哉の頭をばしんとはたく。この暴力刑事め、と尚哉は佐々倉を睨《にら》む。

入口にたどり着くと、そこにいたのは愛莉だった。お化け役だけではなく、受付もやっているらしい。黒地に『呪われたA小学校』と文字の入ったTシャツを着ている。

「あー、先生！　来てくれたんですね！　えっと、まずはこちらをご覧ください、あてはまるものはありませんか？」

クリップボードを渡される。心臓等に問題はないか、足を怪我してたりはしないか、パニックを起こしやすい等の問題はないか、飲酒してないか、などと書かれていた。

「では、二人ずつのご案内となりますので、まずは先頭のお二人、こちらへどうぞ！

入ってすぐの小部屋で映像が流れますので、そちらをご覧ください」

愛莉に言われて、まずは高槻と瑠衣子のペアが中へと入っていった。ベニヤでできた扉は薄っぺらで、中で流れている音声が漏れ聞こえてくる。どうやらこの廃校にまつわる謂《いわ》れ因縁の説明らしい。

音が止むと、愛莉がまた扉を開き、尚哉と佐々倉を中に入れた。

黒い布を張り巡らせた小部屋の中には、古ぼけたテレビが一台設置してあった。高槻と瑠衣子の姿はすでにない。先に進んだらしい。愛莉が扉を閉めるとすぐに映像が始まり、お化け屋敷のホームページで読んだストーリーと同じものが、おどろおどろしい映像と恐ろしげなナレーションによって語られる。

映像が終わると同時に奥の扉が開き、愛莉と同じTシャツを着た梨乃が現れた。

梨乃は尚哉を見て「あ」という顔をし、でもすぐに無表情になった。そういう演技指導がされているのだろう。淡々とした声で説明を始める。

「それではお二人には、これからA小学校の中に入っていただきます。あなた達の役目は、今なお子供達を探して校内をさ迷う夜香先生に、子供達がもはや死んでいることを伝え、成仏してもらうことです。校内にちらばる子供達の上履きを三つ回収し、夜香先生に渡してください」

そう言って、梨乃が布袋を渡してくる。これに上履きを入れろということらしい。

どうやら、ただお化け屋敷の中を歩いて出てくればいいという内容ではないようだ。

上履きが見つからなかったらどうすればいいのだろうと内心不安に思う尚哉に、梨乃がさらに追い打ちをかける。

「ちなみに校内には、子供達と夜香先生を殺した殺人鬼の霊もさ迷っています。もし出くわしたら逃げてください。殺人鬼の霊は、今なお血を求めています」

「えっ」

「では、いってらっしゃいませ」

梨乃の言葉と共に、再び奥の扉が勝手に開く。

「行くぞ」

佐々倉がむんずと尚哉の首根っこをつかみ、中へと歩を進める。

「ちょ、ちょっと佐々倉さん！　自分で歩きますって！」

「じゃあ、ちゃっちゃと歩け」

佐々倉が手を放してくれる。

尚哉は締まった首元を直しつつ、前を見た。

お化け屋敷の中は容赦なく暗かった。昇降口のつもりなのか、壁際に小さな下駄箱が並んでいるのがぼんやりと見える。そうだ上履き、と思って覗《のぞ》いてみたが、下駄箱の中はからっぽだった。ここには上履きはないらしい。

頭の上の方から、女の人の声が聞こえる。「出て……らっしゃ……い」という消え入るような声。思わず仰ぎ見ると、ひゅっと高い位置を横切る生首が見えた。あれが夜香先生か、と思う。

「……え、あれ、佐々倉さんっ⁉」

視線をもとに戻すと、いつの間にか佐々倉の姿が消えていた。尚哉がのろのろしている間に、さっさと先に進んでしまったらしい。

慌てて追いかけようとするが、まだ暗闇に目が慣れなくて、足元が覚束《おぼつか》ない。通路の突き当たりは黒い布で覆われている。そこまで行って手探りするが、どうも行き止まりのようだ。次の部屋へはどこから入るのだろう。

「あ」

黒い布を手探りし続けていた手が、突然すかっと空《くう》を切った。

バランスを崩して倒れかけ、慌ててたたらを踏んだ先は。

――視界一面の黒。

え、と思った。

何も見えない漆黒の暗闇。

その瞬間、どうしようもなくよみがえる記憶があった。

あの黄泉《よみ》へと通じる坂道の。

とてつもない暗さと心細さ。

胸の奥で、心臓が嫌な感じに縮こまる。

違う、と思う。ここはあの場所じゃない。黄泉比良坂じゃない。自分はあそこから無事に逃れられたのだ。高槻と一緒に帰ってきた。だから違う。自分はもう平気なのだ。

――本当に？　と頭の奥で声がする。

途端に自信がなくなる。本当に自分はあの坂から戻ってきたのか。実は今もあそこに座り込んだままでいるんじゃないのか。戻ってきたと思ったのは、ただの夢なんじゃないのか。あそこでずっと両目を閉じて、自分に都合の良い夢を見続けているんじゃないのか。目を開けても何も見えないとわかっているから、だからずっとずっと夢を、

「何してんだお前」

突然、ぐいと首根っこをつかまれた。

びっくりして顔を上げると、佐々倉の顔があった。

「通路はこっちだ。行き止まりの壁に向かって突っ込んでどうすんだよ、おら行くぞ」

そのままぐいぐいと引っ張られる。

何も見えないと思っていた場所からちょっと目を動かせば、そこにはきちんと通路があって、次の部屋へと通じていた。小学校の教室を模した部屋。机の上に投げ出された無残な子供の死体。

ああそうだ、ここはお化け屋敷だ。

自分は今、佐々倉や高槻や瑠衣子と一緒に遊園地に来ているのだ。

夢なんかじゃない。これは――現実だ。

両膝《りょうひざ》から思わず力が抜けそうになって、また佐々倉に首根っこをつかまれて引きずり起こされた。

「大丈夫か？　そんなに怖かったのか」

「こ……怖いんじゃないです、これはその、違います」

慌てて脚に力を入れ、尚哉は佐々倉の手を振り払う。

あらためて振り返れば、自分がさっきまで頭を突っ込んでいたのが、部屋と部屋の繋《つな》ぎめに張られた仕切り用の黒布だったということがわかる。あんなところでもがいてパニックになりかけていたのかと思うと、恥ずかしすぎて死にそうだ。

「さ、佐々倉さんこそ怖くないんですか、幽霊とか駄目な人なんでしょう！」

「ああ？　殴るぞてめえ」

言ったときにはもう手が出ているのが佐々倉だ。ごん、と脳天に拳骨《げんこつ》が落ちてきて、尚哉は頭を押さえる。

「……彰良がさっき言ってたろ。ここには作り物しかねえ」

佐々倉がそう言って、机の上で仰向《あおむ》けになった死体を顎《あご》で指した。裂かれた腹から引きずり出された内臓が、わずかな照明の中でてらてらと光って見える。

だが、それは結局、シリコンと塗料で作られた人形でしかない。

こちらに対して決して牙《きば》を剝《む》くことのない、作り物の恐怖や残酷さ。

「本物はな、こんなもんじゃねえ。臭いも質感も、何もかも違う」

「……さすが刑事ですね」

一般人と言うことが違いすぎると思う。

佐々倉がもう一度、顎で死体を指した。

「そこ。上履き落ちてるぞ」

「え？　あ、本当ですね」

死体が載っている机の下に、血まみれの上履きが片方落ちていた。

尚哉はしゃがんでそれに手をのばす。

途端、壁と思っていた場所からにゅっと出てきた白い手が、尚哉の手に触れた。

「……わああっ⁉」

尚哉が悲鳴を上げると同時に、手が引っ込む。後ろで佐々倉が、ふ、と小さく吹き出したのがわかる。

尚哉はひったくるように上履きを拾い上げると、佐々倉を振り返った。

「手が出てくるって、わかってて拾わせたでしょう今⁉」

「お約束だからな」

佐々倉が意地の悪い顔で笑う。

尚哉はその顔を思いきり睨《にら》み上げる。お化け屋敷の中が暗くて良かったと初めて思った。明るかったら、顔が真っ赤になっているのがばれたはずだ。

一旦《いったん》落ち着いてしまえば、お化け屋敷というのはさほど怖いものではなかった。

確かに、暗闇の中を進むのは不安になるし、いきなりその辺の壁やロッカーの中からお化け役が出てくれれば驚きはする。だが、それだけだ。お化けは決してこちらに危害を加えないし、すすり泣きながら頭の上を幾度も飛び過ぎる生首はただの人形だ。

それに、お化け屋敷の中というのは、思いのほか前後の音が丸聞こえだったりする。だから、ちょっと前を歩いているはずの高槻と瑠衣子の声や、二人をおどかしているお化けの声なども、耳を澄ますまでもなくよく聞こえた。

前方で、がたーんという物音と共に、きゃーっと瑠衣子の悲鳴が上がる。が、その悲鳴は直後に楽しげな笑い声に変わる。「きゃーはははアキラ先生、この死体、結構造形良くないですか」「本当だねえ」なんて声がしょっちゅう聞こえれば、こちらの怖さも半減するというものだ。なんだかなあと思いつつ、尚哉は二つ目の上履きを拾い上げる。

くわえて、こちらの陣営には佐々倉がいるのだ。

でかい図体で、暗闇すらものともせずにずかずかと歩を進める。音が鳴ろうが壁から空気が噴出しようが手が出ようが、ほとんど動じない。ばーんとロッカーの扉を開けて出てきたお化けを佐々倉が一睨みで射すくめたとき、尚哉は心底お化け役のスタッフに同情した。あとで、梨乃か愛莉を通じて謝罪した方がいい気がする。

三つ目の上履きを回収し、次に入った部屋は保健室のようだった。

薬や救急箱が収められた棚が置かれ、半端にカーテンが引かれたベッドの上には女性の首なし死体が横たわっている。養護教諭のものと思われる机の上には目を閉じた生首が一つ。机面には赤い文字で、「この机の上に上履きを並べてください」と書いてある。

この首絶対動くんだろうなあと思いながら、尚哉は机の上に上履きを並べた。

途端、すさまじい絶叫と共に、生首がかっと目を開いた。

長い髪を振り乱しつつ浮き上がった生首が、「子供達を返してえええ！」と叫びながら襲いかかってくる。ちょっと待て成仏するんじゃなかったのかと思いつつ、尚哉は佐々倉と共に部屋を出る。

そして、そここそが——例の廊下だった。

愛莉が言っていた通り、床にも壁にも何の装飾もない。黒一色の廊下の突き当たりに、大きな長方形の鏡が一枚掛けられている。無数の染みがまだらに浮き出した鏡面には、鏡に向かって近づいていく尚哉と佐々倉の姿が映っている。

ふん、と佐々倉が鼻を鳴らした。

「いかにもって感じだな。ガキが座ってるだけじゃねえか」

その呟《つぶや》きに、え、と尚哉が思った瞬間、鏡に映る自分と佐々倉の間に、ぬうっともう一つの影が現れた。

直後、背後でものすごい唸《うな》り声が上がる。

驚いて振り返れば、血まみれの刃物を片手に持った殺人鬼がすぐ間近に立っていた。今の今までいなかったはずのそのお化けは、どうやら壁の隠し扉から出てきたらしい。

——普通の客なら、おそらくここで悲鳴を上げて駆け出すのだと思う。

突き当たりの鏡には怯《おび》えた顔で逃げる己の顔と、恐ろしい形相で迫る殺人鬼の顔とが映し出されて、そこそこの恐怖演出になるのではないだろうか。

が、何しろ相手は佐々倉だ。

大声で唸る殺人鬼を「うるせえ」のひと言で黙らせ、そのまますたすたと出口に向かって歩いていく。尚哉はすみませんと殺人鬼に頭を下げ、その後を追った。茫然《ぼうぜん》とその場に立ち尽くしている殺人鬼の姿が鏡越しに見える。なんだかとても申し訳ない。

鏡の前で通路は直角に折れ、その先はそのまま出口につながっていた。

「お疲れ様、二人とも。どうだった、楽しめた？」

「結構楽しかったわよね？」

出口の外では、笑顔の高槻と瑠衣子が待っていた。

ついさっきまで暗闇の中にいた目には外の陽射しはひどく眩《まぶ》しく感じられ、尚哉は顔をしかめてまばたきを繰り返しつつ、

「……とりあえず佐々倉さんはお化け屋敷には向かないと思います」

「深町は結構怖がってたよな」

「ちょっと佐々倉さん!? 別に俺怖がってませんけど！」

「まあまあ健ちゃん、遊園地経験の浅い深町くんには、ここのお化け屋敷はちょっとレベルが高すぎたんだよ」

「あ、あたしも中で深町くんの悲鳴聞いた気がする。後ろの方で『わあぁっ』て声が」

「あれはちょっと驚いただけです！　ていうか忘れてください……」

こちらに高槻達の声が聞こえたということは、高槻達の方にもこちらの声が丸聞こえだったらしい。尚哉は穴があったら入りたい気分で、片手で顔を覆った。

せっかくだからアンケートを書こうという話になって、出口の外に設置された長机でアンケート用紙に記入し、回収箱に投函《とうかん》する。

「さて、とりあえず目的は果たしたから、あとは普通に遊ぼうか！　でもその前に、ちょっとお腹がすいたね。何か食べようか」

高槻がそう言って、フードコートの方へと歩き出す。

遊園地の中はますます賑《にぎ》やかさを増していた。行き交う客は誰もが笑顔で、いかにも元気そうな子供達が次はあれに乗りたいと言って駆け出していく。いつの間にかゲート前から移動してきたらしいリドルマンが、すれ違いざまに高槻に向かって気取った身振りで挨拶《あいさつ》した。高槻もにっこり笑って返す。

かつて見世物小屋が建ち並んでいた場所は、『ハレ』の場だったという。

遊園地もそれと何も変わらない。普段過ごしている日常とはかけ離れた夢の国。

まさに『ハレ』の場だった。

お化け屋敷のプロデューサーとの約束は、十六時なのだそうだ。

それまでがっつり四人で遊園地を遊び倒した。

絶叫マシン初体験の尚哉をまず何に乗せるかについては、残りの三人の間で慎重な議論が交わされた。まずは飛行機型の乗り物がくるくる回るような子供向けのやつで耐性を見るべきだという高槻に対し、瑠衣子がウォーターライドならそんなに怖くないと主張し、佐々倉はとっととフリーフォールに乗せちまえばいいと発言した。議論はやがて尚哉そっちのけで紛糾し、面倒臭くなった佐々倉が尚哉の首根っこをつかんでジェットコースターの乗り場に連れて行った。鬼だと思った。

　だが、しかし。

　いざ乗ってしまえば、ジェットコースターも海賊船もフリーフォールも、思いのほか楽しいものだった。

　普通に暮らしていたらまず感じることのなさそうな全身に感じるスピードも、はっきりと重力を意識する落下感も、一瞬の恐怖の後にもたらすのは奇妙なほどの爽快《そうかい》さだった。瑠衣子が言った通りだ。『怖い』という感情は、少なくとも遊園地においては『楽しい』をセットで連れてくるものらしい。

「深町くんがこんなに笑ってるの、初めて見たかも！」

　そう瑠衣子に言われたのは、一通り乗り物を制覇した頃だった。

　え、と思って、尚哉は思わず片手を自分の頬に当てる。

　自分はそんなに笑っていただろうか。あまり自覚はない。ただ、体の中に重く溜《た》まっていた何かが残らずなくなったかのような、奇妙な身の軽さは感じていた。

　遊園地がこんなに楽しいなんて思わなかったし、こういうものを自分は楽しいと思えるんだということ自体、知らなかった。

そもそも、自分がこんな風に誰かと遊園地に来ることがあるなんて、大学に入った頃には夢にも思っていなかった気がする。

約束の時間が近づいてきて、瑠衣子と佐々倉とはゲート前で別れた。瑠衣子は夜に予備校講師のバイトがあるのだという。佐々倉は、高槻の調査にまで同行する気はないらしい。

高槻と二人で、もう一度お化け屋敷に向かう。夕方になっても、入場待ちの行列はまだまだ長いようだった。期間限定ということもあり、人気を集めているのだろう。行列を無視して、尚哉と高槻はお化け屋敷の裏手へと回った。

「あ、高槻先生」

「こっちですー」

薄っぺらなアルミ扉の前で、梨乃と愛莉が待っていた。表のおどろおどろしさに比べるといかにも事務所然としたその扉は、スタッフルームへと通じていた。

スタッフルームは狭く、雑然とした雰囲気だった。壁にはお化け屋敷のポスターが何枚もべたべたと貼られ、その上からさらに客が書いたアンケート用紙が貼り重ねられている。部屋の中央にある大きな机の上には大型のペットボトル飲料が数本と重ねた紙コップが並べられ、その周りに幾つも小型の丸椅子が置かれていた。それとは別に壁際に設置された長机には複数のモニターが載せられており、お化け屋敷の内部各所にある監視カメラの映像を映している。あれで客の動きを確認しているのだろう。

モニターをチェックしていたTシャツ姿の男性がこっちを振り返り、会釈した。

「あ、どうも、このお化け屋敷の担当の照井です。すいません、後藤《ごとう》さんまだ来てなくて――」

そのときだった。

外扉ががちゃりと開けられ、一人の男性が慌ただしく入ってきた。

お化け屋敷のスタッフが皆揃いの黒いTシャツを着ているのに対し、この男性は半袖《はんそで》のワイシャツにネクタイという格好だった。三十代後半から四十代といったところだろうか、黒縁の眼鏡をかけた真面目そうな会社員という雰囲気だ。

「すいません、遅れまして！　どうも、今回のお化け屋敷のプロデュースを担当した後藤と申します。青和大学の高槻准教授ですよね、お会いできて光栄です！　都市伝説や現代怪談に関するご著書、愛読してます！」

流れるような動作で名刺を取り出し、男性が名乗る。

高槻もにっこり笑って、自分の名刺を後藤に渡した。

「それはどうもありがとうございます。今日はわざわざお時間を作っていただいて申し訳ありません。リドルパークの夏季限定お化け屋敷はこれまで何度か足を運んでいたんですが、今年もとても楽しめました。廃校という舞台は、やっぱり否応《いやおう》なしに恐怖をあおりますね！　上履きを集めるというミッションも良かったと思います、死者の靴を集めるという行為が何とも言えず恐ろしげで素晴らしかったです！」

「いえいえ、そんなべた褒めしていただくほどでは。まだまだ改善の余地があります」

　後藤が首を横に振る。ちらとその声に歪《ゆが》みが混ざったのは、謙遜《けんそん》しつつも自分が作ったお化け屋敷に自信があるからだろう。

　そのとき、モニターの監視を続けていた照井が声を上げた。

「あっ、やばい。お客がセット倒した。愛莉ちゃんごめん、ちょっと四番まで行ってきてくれる？　あと梨乃ちゃんは、六番に行ってお客誘導して。どうも迷子になってるっぽい。同じとこぐるぐるしてる」

「えー、私達もうバイトの時間終わってますよー」

「人手が足りないんだよ、今日一人休んじゃってるから！　残業代出すからごめん！」

　照井に拝み倒され、梨乃と愛莉が肩をすくめる。

　お化け屋敷の裏側に通じる扉の方へ歩き出した二人に、後藤が声をかけた。

「二人とも、どうもありがとうね。君達のおかげで、今日もお客さんは悲鳴を上げてくれてるよ」

「まかせといてください！」

「今日もたくさん怖がっていただいてますよー」

　元気よくそう言って、二人が後藤に向かってガッツポーズをしてみせる。

　二人を見送って、後藤が苦笑した。

「お化け屋敷というのは、他の施設と比べてトラブルが起こりやすいものなんですよ。何しろ暗いですし、仕掛けものも多い。パニックになった客が装置を壊したり、お化けに殴りかかったりすることもあります。恐怖に駆られた人間の行動というのは制御できないものですからね」

「でも、そうして恐怖を与えるのが楽しいんでしょう？」

高槻が言うと、後藤はにやりと笑ってみせた。

「ええ。どうやって怖がっていただこうかと、いつも考えてますからね」

お座りください、と椅子を勧められ、高槻と尚哉は丸椅子に腰を下ろした。後藤がペットボトルのお茶を紙コップに注ぎ、差し出してくれる。

「それで高槻先生、私に聞きたい話というのは何ですか？」

「勿論《もちろん》、最後のあの鏡についてです。あれは、本当に廃校になった小学校から持ってきたものなんですか？」

「ああ、はい、そうですよ。私の母校の小学校が古くなって取り壊すっていうんで、元教員に掛け合って譲り受けてきたんです」

後藤はそう言った。その声に歪みはない。本当に廃校にあった鏡なのだ。

「お化け屋敷プロデューサーとしては、使えそうなアイテムは日頃から集めておきたかったんですよ。もともとあの鏡は、学校の七不思議の一つだったんです。幽霊が映るっていってね。だから——もしかしたら、鏡と一緒に本物の幽霊を連れてきてしまったかもしれないですよね」

後藤が眼鏡のブリッジを押さえながら言う。

高槻はにこにこしながらそれを聞き、

「そうですね、そういうこともあるかもしれません。ですが、あなたがあの鏡をあそこに置いた意図は違いますよね？」

そう言った。

後藤の表情が少し変わる。唇には笑みを浮かべているが、相手のことを探るような目つきに変わる。

かまわず、高槻は続けた。

「あれは——あなたの実験だったのではありませんか？」

相変わらずにこにこしながら、高槻がそう尋ねる。

後藤もまた笑みを浮かべたままだが、何も言わない。

どういうことだろう、と尚哉は高槻を見た。こういう言い方をするということは、高槻にはもうあの鏡の意図がわかっているということなのだろうか。

高槻が言った。

「あの鏡は、一部の客達の間では、このお化け屋敷の中で一番怖かったものとして挙げられています。しかし、鏡自体に仕掛けはない。なかなかに興味深い現象ですよね。彼らは一体何を見て悲鳴を上げたのでしょうか？　バイトの子達はとても不思議がっていました。あの鏡はあの場所にそぐわないし、まるであの鏡を置くためにわざわざあの通路を作ったかのように見えると。――その通りなんですよね？　あの通路は、あの鏡のために作られた。あなたはお化け屋敷の最後に、どうしても鏡を置いてみたかった。そして、その前で客がどんな反応をするのか見てみたかった」

高槻の視線が、照井がじっとチェックしているモニターの方に流れる。

幾つも並んだモニターの中には、あの廊下を映しているものもある。恐る恐る廊下に入った客達が、鏡に向かってふらふらと吸い寄せられるように歩いていくのが見える。

高槻の視線を追うようにそのモニターに目を向け、後藤はゆったりとうなずいた。

「仰《おっしゃ》る通りです。私はあの鏡をあそこに置くにあたって、三つの実験をしたかった」

後藤が言う。

「一つめは、単純に鏡をお化け屋敷の装置として使った場合の効果です。これまでさんざん廃校のセットの中を歩いてきたお客さんは、あの真っ黒な廊下に出たときに、一瞬何事かと思うでしょう。鏡には自分達の姿が映っている。ただの鏡です。けれど、そうして鏡に向かって歩いていくうちに、いつの間にか自分の背後にぬうっとお化けの姿が現れる。お客さんは、鏡を見てそれに気づくんです。これは――怖いでしょう？　いい仕掛けだと思ったんです」

「そうですね、とても効果的だったと思います」

高槻が肯定する。

その言葉を裏付けるように、先程のモニターの中には、突如として背後に出現した殺人鬼に驚いた客が全力で走り出すのが映っている。

後藤が満足げにそれを眺めやり、続けた。

「二つめは、鏡に映る己の顔がもたらす効果についてです。——高槻先生は、『悪夢探偵2』というホラー映画をご存じですか？」

「ああ、塚本晋也《つかもとしんや》監督の、人の夢の中に入れる探偵の話ですね。松田龍平《まつだりゅうへい》演じる死にたがりの探偵のキャラクターがとても面白かった。パート1では、ヒロインの女刑事が探偵のもとを訪ねたら今まさに自殺未遂した直後だったというシーンが笑えましたね」

「そうそう、それです！　さすが、ご存じでしたか！」

後藤が高槻に向かってぐいと手を差し出す。高槻が笑顔で握手に応じる。少々マイナーなホラー映画の話が通じて、お互い嬉《うれ》しかったらしい。

高槻の手をがっちり握ってぶんぶん振った末に、後藤は話を続けた。

「あの映画、パート2では恐怖のシンボルとして、異常に怖がる女というモチーフが出てくるじゃないですか。全ての怪異の元凶となる少女然《しか》り、主人公の母親然り、とにかく何でもかんでも怖い怖いと怖がっている。そのことについて、監督が面白いコメントをしてましてね。怖がらせている側よりも、怖がっている側の顔の方が怖いっていうんです。たとえば『シャイニング』の場合、斧《おの》を持って襲ってくるジャック・ニコルソンよりも、その妻役の顔の方が怖い。だから、異様に怖がる女の子というキャラクターを作ったってね。これ、実は私も前から思ってたことなんです。子供の頃に『悪魔のいけにえ』を観たときにもそうでした。チェーンソーを持って追いかけてくる殺人鬼のレザーフェイスよりも、逃げ惑うヒロインの引き攣《つ》った表情や大きく見開かれた目の方がずっと怖かった」

「だから、怖がる客の顔を鏡に映して、その反応を見たかったんですね。でも——これは、逆効果だったのでは？人は、鏡に映る自分の顔を客観視するものです。恐怖に歪んだ己の顔を見た途端、我に返ってしまう可能性が高い」

「ええ、実はそれも狙いでした」

「というと？」

高槻が首をかしげると、後藤はまたモニターの方に目を向けた。出口に設置された、最後のカメラの映像。悲鳴を上げながらお化け屋敷から走り出てきた客達が、外に出たと気づいた途端に笑い出す姿。

「お化け屋敷は、エンターテイメントじゃないといけません。死ぬほど怖い思いをして、トラウマだけ植え付けられて出てくるっていうのはエンタメじゃない。ただ怖い思いをしたいだけなら、山奥にある本物の廃校やら廃病院やらに行けばいいんです。お客さんが遊園地のお化け屋敷に並ぶのは、怖さと同時に楽しさを求めるからですよ。出口から出てきたときには、ああしてげらげら笑えないといけない」

殺人鬼に追い立てられ、鏡に向かって走ってきた客達は、鏡面に映る己の顔を見る。

そしてそこで、我に返るのだ。

怯《おび》え叫ぶ自分の顔が——あまりにも滑稽《こっけい》に見えて。

その瞬間、緊張は解ける。

そうして、『怖い』は『楽しい』に変換される。恐怖に彩られたお化け屋敷での体験は、笑いで幕を閉じるのだ。

「……しかし、この実験は、それほど上手《うま》くいったとは言えません」

後藤がそう言って、頭を掻《か》いた。

「後ろから殺人鬼におどかされた瞬間、我を忘れて走る人が多いんですよ。鏡に映る自分の顔なんて見やしない。そこにいる照井さんからは、うっかり客が鏡に突っ込んだら危ないから外した方が、なんて提案も受けてます」

後藤の言葉に、照井がこっちを振り返って「事故は禁物ですから」とコメントする。

後藤はまた頭を掻く。

高槻が先を促した。

「そして、最後の実験は——嘘の噂の流布、ですか」

嘘という言葉に反応して、尚哉は思わず後藤を見た。

後藤は苦笑いしてみせながら、

「嫌だなあ。嘘だなんて人聞きの悪い。お化け屋敷を形作るストーリーの一つですよ。いや、サイドストーリーかな？」

そう言って、後藤は今度は壁に目を向ける。無数のアンケートが貼り重ねられてもはやよく見えなくなっているが、そこには今回の夏季限定お化け屋敷のポスターがある。

「お化け屋敷っていうのはね、いっぺん廃れたんですよ。つまらないって言われてね。そりゃあそうですよ。ひと昔前のお化け屋敷は、からくり仕掛けの人形が客の動きに合わせてセンサーで反応するっていうだけのものでした。その人形もあんまり脈絡がなくて、墓場のシーンだの妖怪《ようかい》だの化け物だのが、前後のつながりも不明なまま配置されてる。昔の見世物小屋と変わりやしない。新しくできたジェットコースターやフリーフォールの方が余っ程刺激的です。――でも、それが変わったのが、九十年代です。お化け屋敷プロデューサーというものが現れて、『ストーリー』という要素をお化け屋敷に持たせた。お客さんは、まるでホラー映画の中に迷い込んだみたいに、独自の恐ろしげな物語の中を歩かされるんです。やがてそうしたお化け屋敷には、『ミッション』という要素も加わった。お客さんはただ怖がるだけではなく、お化け屋敷の中で何か特別なことをしなくてはならない。ミッションを与えることで、お客さんはよりストーリーに深く関わり、登場人物の一人となる」

今回でいえば、上履きを集めさせられたのが、そのミッションにあたるのだろう。確かに、ミッションがあったことで、よりセットの隅々まで見るようになったし、使命感のようなものも生じた気がする。

「この手のお化け屋敷は、機械仕掛けの人形だけではなく、人間がお化け役をすることが多いです。人が人をおどかすのが一番怖いですからね。お化け役はバイトの子達にやってもらってますが、皆とても熱心なんですよ。——ほらこれ、見てください」

　後藤が机の上からノートを手に取り、こっちに差し出してきた。

　それは、スタッフ同士の連絡ノートのようだった。自分の受け持ち箇所についての注意点や反省点、おどかし方のコツなどを書き合っている。

「こうやって情報を共有することで、よりお客さんに怖がっていただこうとしてるわけです。自分でホラー映画を観てお化けの動きを研究してくる子もいます。でもね、これだけやっても、お客さんの恐怖は足りないことが多い」

　後藤はそう言って、またモニターに目を向けた。

　お化け屋敷の中で、客達は最初から笑っている場合も多い。馬鹿にしたようにお化け役を見やったり、死体の人形をつついたりしている。

「別に泣いて逃げろとは言いませんよ、エンタメですから。でも、こっちは怖がっていただくために色々やってるんです。できうる限りの恐怖は提供したいじゃないですか」

「そこであなたが導入したのが——『本物』ですか」

　高槻の言葉に、後藤がまたにやりと笑う。

　確認するように後藤の瞳《ひとみ》をじっと見つめながら、高槻は言った。

「実は、ここに来る前にあらかじめちょっと調べておいたんです。あの鏡にまつわる噂がいつ生まれ、どのように拡散していったのか。鏡に血まみれの女の幽霊が映るのが見えたという呟《つぶや》きがツイッターに最初に上がったのは、このお化け屋敷のプレオープンの日でした。その後複数のアカウントが同じようなことを呟き、それがまとめられたり、ネット掲示板に転記されたりするようになった。注意深く見ていくと、どうやら同一人物が複数の場で書き込みをしているようだとわかりました。勿論《もちろん》、こうしたネタを面白がって意図的に拡散する人達はいるでしょう。でも、噂が拡散して一番嬉しいのは――お化け屋敷を作ったあなたですよね。だから僕は、ああこの噂はお化け屋敷のプロデュースの一環なんじゃないかなと思ったんです。そしてそれは、お化け屋敷の行列に並んでいるときに、明らかなサクラが交じっているのを見て確信に変わりました」

例の大学生だ。ここのお化け屋敷は本当にやばいと騒いでいた声には歪みが混じっていた。高槻がここに来るのは初めてかと尋ねると、彼は初めてだと嘘をついた。

初めてのわけがない。彼はこれまで何度も色んな友達を連れてあの行列に並んでは、このお化け屋敷には本物の幽霊が出るのだと喧伝《けんでん》していたのだろうから。

「全て仰《おっしゃ》る通りですよ、高槻先生。ＳＮＳを仕掛けたのも、サクラを雇ったのも、私です。白状すると、あのサクラ、私の甥っ子なんですよ」

後藤がそう言って、お手上げだとでもいうように両手を上げてみせた。モニターの前にいる照井は知らなかったのか、ちょっと驚いたような顔でこっちを見ている。

「なにせお化け屋敷の中にあるものは、どれもこれも作り物です。最初っから全部作り物だと思っていれば、恐怖はどうしたって薄れてしまう。でも、そこに本物を紛れ込ませることができれば、いいスパイスになる。作り物の中に本当にいるかもしれない本物の幽霊、それはとても魅力的でしょう？　おまけに人という生き物は、基本的に、自分の見たいように世界を見るようにできています。あらかじめ幽霊の噂を吹き込んでおけば、その場面にあたったときに脳が勝手に幽霊の姿を作り出す。それは、客観的に見れば本物じゃあないです。恐怖が作ったただの幻。でも、怖がっている当事者にしてみれば、まぎれもなく本物なんですよ」

　上げた手を茶目っ気たっぷりにひらひらと振って、後藤が言う。

　それからその手を下ろし、ふうとため息を吐いてみせた。

「とはいえ、この実験も、そこまで成功はしませんでした。世の中の誰も彼もがＳＮＳをしているわけじゃないですし、同じ呟きを皆が必ず見るわけじゃないですからね。ＳＮＳでの宣伝にも限界がある。適度にバズっても、知らない人は知らないままなんですよねえ。あの鏡に幽霊が映るという情報を持ってお化け屋敷に来てくれる人は、意外と少なかった。――今後の課題は、そういった噂をどのようにして世間にさりげなく流布していくかです。まだまだ考えることがたくさんですよ。次はもっと上手くやります」

「それはとても楽しそうな課題ですね」

　高槻が笑顔でうなずく。

　それから高槻は、少し表情を変えて、あらためて後藤を見た。

「ところで後藤さん。もうひとつ、伺ってもいいですか？」

「はいはい、何でしょう？」

高槻が尋ねた。

「なぜあなたは、そこまで人を恐怖させることにこだわるんですか？」

高槻の問いに、後藤は黒縁眼鏡の下でぱちぱちとまばたきを繰り返した。

「なぜって……それは、人を怖がらせるのが昔から大好きだからですね」

眼鏡のブリッジをぐいと押し上げ、後藤が答える。

「お化け屋敷の仕事なんて悪趣味だって言われることもありますけどね。私はこれをサービス業の中でも結構上位にあるものと考えてます。多くのお客様に、安全に、心の底から、怖がっていただく。これには色々技術と努力が必要なんです。愛に満ちた職業なんですよ、この仕事は」

「でも、怖がってもらうのなら、お化け屋敷じゃなくてもいいでしょう？　たとえばホラー映画、ホラー小説、あるいはテレビ番組。他にも手段はたくさんありますよね」

「ああ、それはね、単純に私が遊園地ってものが大好きだからです」

後藤はそう言って、目を細めた。

「民俗学の先生相手にこういう話をするのもなんですが、現代って『ハレ』ってものがわからなくなってきてる時代じゃないですか。昔は、『ハレ』の日には晴れ着を着て、ご馳《ち》走《そう》を食べた。『ハレ』の日以外には、そういうことをしちゃあいけなかったんです。

でも、戦後になって、国民の生活水準が上がったら、人々はいつでも綺麗《きれい》な着物を着られるようになったし、いつだっておいしいものを食べられるようになった」

「ええ。『毎日がハレだ』と、よく言いますね」

「そう。でも、毎日が『ハレ』になっちゃうと、それはもう日常ですよ。『ハレ』が『ケ』になりさがっちゃうわけです。全然特別じゃない。でも、それじゃあつまらないから、人はまた何か特別なものを、自分達にとっての『ハレ』を作ろうとする。晴れ着って言い方は近頃あまりしなくなりましたが、その代わりに何か特別な日には勝負服ってものを身にまとったりする。かつては儀礼と結びついていた祝祭の代わりに、多くのイベントが開催されている。遊園地もそうです。かつての人々が見世物小屋に求めたのと同じ恐怖を求めて、多くの人がやってくる」

ちなみにこれは私の勝負ネクタイです、と後藤が自分のネクタイを引っ張ってみせた。高槻に会うためにわざわざ着けてきたらしい。

「『ハレ』がわからなくなってきちゃったこの時代に、そうやって作られた目一杯『ハレ』な場所。それが遊園地です。だから私は、その目一杯『ハレ』な場所で、目一杯の恐怖を、非日常を、お客さんに提供しようと思ってるんですよ。まあ、お化け屋敷なんてのは、言ってしまえばある意味『ケガレ』なのかもしれませんが、大声で悲鳴を上げて、その後で目一杯笑えば、心の中に溜《た》め込んできたケガレなんて綺麗さっぱり落とせるってもんです。お化け屋敷ってのはそういう場所だと、私は思うんですよ！」

目を輝かせて言う後藤は、まるで講義のときの高槻のようだった。とても楽しげで、どこか誇らしげで。

高槻はなんだか眩《まぶ》しそうに後藤の顔を見つめ、それから少し目を伏せた。

やがてその顔に、またゆるゆると笑みが浮かぶ。

再び目を上げ、後藤を見て、高槻は言った。

「ええ、あなたが遊園地を愛していることは、最初からよく伝わっていました。――ゲート前でお客さんを迎えるあなたは、とても楽しそうでしたよ」

高槻の言葉に、後藤が目を瞠《みは》る。

尚哉は何のことかわからずに、高槻を見る。

高槻は唇の端をにっと持ち上げて、言った。

「今日のリドルマン。あれは後藤さん、あなたですよね」

えっと驚いて、尚哉は後藤を見た。あの赤毛で太っちょなピエロが、この目の前にいる地味な会社員風の男だというのか。

後藤がまた頭を掻《か》いて言った。

「いや、これはまいったなあ……よく気づきましたね、顔中メイクしてたのに」

「白塗りにしていても、顔立ちまでは変わりませんから。あと、顎《あご》の下に一箇所、白塗りが残ってますよ」

高槻が指差した位置には、確かに白い筋が残っていた。

後藤が指でそれをこすりながら言う。

「これはお恥ずかしい……実は若い頃、リドルマンのバイトをしてたんです。今日はひさしぶりにちょっとやってみようかなと思って」

「ええ、お客さん達は皆さん喜んでいましたよね」

高槻が優しくうなずいてみせる。

尚哉は今日見たリドルマンを思い出した。ゲートをくぐって入ってくる客達を出迎えるリドルマン。子供達は大喜びで、リドルマンの太った腹に抱きついたりしていた。気取った仕草で挨拶《あいさつ》するリドルマンの動きは軽やかで、楽しげで、まるで遊園地の『ハレ』を代表するかのようだった。

「来年のお化け屋敷も期待していますよ、後藤さん。きっととても楽しいものになると、信じています」

高槻が言うと、後藤は、勿論ですと力強くうなずいてみせた。

高槻と後藤は相当ウマが合ったらしい。二人は最後にまたがっちりと握手を交わし、今度は酒でも飲みましょうと約束をして別れた。

お化け屋敷のスタッフルームを出ると、暗くなりかけていた。遊園地はまだまだ盛況だ。昼間はなかった電飾の明かりが、アトラクションや建物をより華やかに彩っている。お化け屋敷は夜を迎えてますます客を集めつつあるようで、入場待ちの行列は先程よりものびていた。後藤はほくそ笑んでいることだろう。

「ああ、面白い話をたくさん聞けて楽しかったなあ！」

無数の電飾が彩る小道を進みつつ、高槻が上機嫌に言う。

尚哉はなんとなく、その顔を睨《にら》みつけた。

「ていうか先生」

「えっ何？　何で睨むの、深町くん」

「……先生、もしかして、今回の依頼が全然怪異とは関係ないって、最初からわかってたんじゃないんですか？」

高槻と後藤の会話を横で聞いていて気づいたのだ。

高槻は、全て後藤が仕掛けたことだとわかったうえで話を進めていた。遊園地に来る前からその前提で考えていたようだから、つまりは梨乃と愛莉の話を聞いたときにはもうそう思っていたということになる。

高槻はあっさりうなずき、

「ああ、うん。それはまあ、そうだろうなと思っていたから」

「……ですよね。そういう人ですよね、先生は……」

依頼に対する食いつきが悪かったのは、別に体調が悪かったせいではなかったのだ。

すっかり忘れていた。高槻の食いつきが悪いときは、初めからこれは怪異ではないと思っているときだと。

「だったら、何で依頼受けたんです？　別に調査する必要なかったじゃないですか」

「それはだって、深町くんが受けようって言ったから」

「……そ、それは確かに言いましたけど、でも、怪異じゃないなら別に……」

「あと、普通にお化け屋敷楽しそうだなって思ったからだよ。でも、おかげで僕には愉快な知り合いができたし、深町くんは遊園地を楽しめたんだ。すごくよかったと思わない？」

それはそうなのかもしれないが、なんだか尚哉が無理矢理調査をさせたようで、申し訳ない気分になってくる。

そんな尚哉の気持ちも知らぬげに、高槻は軽い足取りで出口の方へと歩いていく。電飾に彩られた小道はやがて、鏡張りの壁に沿った道へとつながっていった。きらびやかに輝きながらくるくる動くアトラクションが映り込み、まるで鏡の中にもう一つ遊園地が広がっているかのように見える。

その鏡を見ていたら、ずっと気になっていたことがあったのを唐突に思い出した。

「そういえば先生。例のお化け屋敷の鏡に映る幽霊って、女の人なんですか？」

「え？　うん、そういう噂として広まってるよ。血まみれの女性の幽霊で、だから人によってはそれを夜香先生だと思ってるみたいだったし、別の人はもともとあの鏡に憑《つ》いていた幽霊だって言ってたし」

「本当の本当に女性の幽霊なんですね？　大人の女性なんですね？」

「うん、そうだけど……どうかしたの？　深町くん」

「いえ、あの……」

尚哉は少し口ごもった。

思い出す。

あの鏡を前にしたときの、佐々倉の言葉。

「佐々倉さん、あの鏡を見て言ったんですよ。『ガキが座ってるだけじゃねえか』って」

高槻がぴたりと足を止めた。

無言でスマホを取り出し、素早く操作して、佐々倉に電話する。

佐々倉はすぐに出た。

「もしもし？　うん、あのさあ、ちょっと聞いていい？——健司《けんじ》、あのお化け屋敷の鏡の中に何見た？……そう。男の子？　ふうん。……いや、いいんだけど」

佐々倉と話しながら、徐々に高槻の瞳《ひとみ》が輝き出すのがわかる。

きらきらと、それはもう楽しげに。

「あ、そうだ、健ちゃん、もう晩御飯の支度しちゃった？　これから？　だったらさ、うちに来ない？……いいじゃん、明日《あした》も休みでしょ？　健ちゃんの食べたいもの何でも作るよ。ワインもあるし、深町くんもいるから、皆でごはん食べようよ！……うん、うん、それじゃちょっと買い物してから帰るから、そうだなあ、一時間くらいしたら来てくれる？　うん、それじゃあね」

高槻が弾んだ声でそう言って、電話を切った。

なんか勝手に自分も高槻の家に行くことになってるなあと思いつつ、尚哉は高槻に尋ねる。

「佐々倉さん、何て言ってました？」

「体育座りしてる男の子だったって。――そんな目撃談、ＳＮＳには一つもなかった。男の子と見間違えるようなものも、あの廊下にはなかったし」

「じゃあ、それって」

つまりは――本物だったのではないのか。

後藤も先ほど言っていた。あの鏡にはもともと幽霊が映るという怪談があったと。

高槻が興奮した様子で叫んだ。

「うわあ、やったあ！　あのね深町くん、健ちゃんは、小さい頃にも一度だけ幽霊を見てるんだよ！　ああ、これ後藤さんにも教えてあげなきゃ！　あ、でも、健ちゃん来ちゃうから早く買い物行かないとね、後藤さんには後日伝えてあげようっと！」

「いいから落ち着いてください、いい年して飛び跳ねて喜ぶのやめましょう先生！」

スマホを握りしめたままぴょんぴょん跳ねている高槻をどうどうと押しとどめ、尚哉は言う。ひさしぶりに大型犬モードを見た気がする。何だあの人、という顔でこちらを振り返ってくる周りの通行人の視線が痛い。

「あ、ごめんね深町くん、僕おとなげなくて」

「いつものことだからいいですけど、できればもうちょっと落ち着きましょうよ」

「うん、ごめん。だけど僕ね、思い出しちゃった」

「何をですか」

「ああ僕はこういう話が大好きなんだなあってこと！　今、とても楽しいよ」

その顔は、もうすっかり長野に行く前の高槻に戻っていた。

怪異を求め、怪異を楽しむ、子供のような笑顔。

だが、やがてその笑顔が、ゆるやかに別の笑みへと移り変わっていく。

苦さを含んだ——どこか苦しげな笑み。

「……先生？」

高槻は答えず、傍らの鏡張りの壁に目をやった。

そこには佇《たたず》む高槻自身の姿が映っている。

高槻はしばらく黙って鏡を見つめ、それから、そっとのばした手で鏡面に触れた。

「この先、僕が僕の過去について突き止めたとしても——『もう一人の僕』は、きっとまたそれを許さないんだろうね」

その言葉に、尚哉は小さく息を呑《の》む。

高槻は鏡を見つめたまま、わずかに首をかしげた。

鏡の中からその顔を見返す高槻もまた、わずかに首を傾ける。高槻が手をのばしているのと同じように、向こうも高槻に向かって手をのばしている。

高槻がすっと鏡に顔を寄せた。

そこに映る己自身の瞳を覗《のぞ》き込むかのようにしながら、また口を開く。

「ねえ、深町くん。君に一つ、お願いをしてもいいかな」

「何ですか？」

「もし——僕がまた、記憶を失うことになったとしても。そのときは、深町くんが覚えていてくれないかな」

鏡の方を向いたまま、高槻が続ける。

「そして、どうかそれを僕に教えてほしい。君が見たもの、聞いたこと、僕が忘れてしまったこと全てを」

尚哉に対する言葉のはずなのに、高槻の視線は一度も鏡に映る己自身から外れない。

じっと己の鏡像を見据えながら、静かな声で高槻は言う。

「そうしたら僕は、知ることができる。たとえ僕自身が忘れてしまったとしても……知ることだけは、できるんだ」

それは、宣戦布告だった。

鏡の中から見つめ返しているのかもしれない、『もう一人の高槻』に向かっての。

決して諦《あきら》めないぞという、決意の表明。

ああ、と尚哉は思う。

ああ、それなら——それなら自分は。

「……わかりました。いいですよ」

ずっと、この人のために何ができるのだろうと考えていた。

そんなことでいいなら、お安い御用だと思った。

高槻の横に並んで立ち、鏡に映る高槻を見つめる。

鏡の中の高槻もまた、尚哉の方を見ている。

尚哉は口を開く。

「約束します。俺は絶対忘れない」

鏡に映る高槻の顔が、ぴくりと震えた。

「もし先生が忘れてしまっても、俺が覚えておきます。そうして後で、先生に話して聞かせます。一緒に見たことも、聞いたことも、覚えてること全部」

『もう一人の高槻』が何度記憶を奪おうとも無駄なことだ。

高槻が過去の真相に近づくとき、きっとその隣には尚哉がいる。『もう一人の高槻』だって、尚哉の記憶にまでは手をのばせまい。

「だから大丈夫です。先生は、大丈夫なんです」

鏡に映る高槻の、その唇の端に笑みが浮かぶ。尚哉ごときが何を言おうと何の意味もない。そう嘲笑《あざわら》っているのかもしれない。

けれど、傍らに立つ高槻の顔を見上げれば、その笑みがひどく複雑な気持ちが混ざり合った結果だとわかる。なんだか嬉しそうで、でも苦くて、運命に挑むように不敵なくせに、何かを悔やむような色さえある気がして、尚哉は少し首をかしげる。

「……先生？」

「――いや、何でもないよ。ありがとう、深町くん」

目を伏せて、高槻は小さく息を吐き出した。

それから、鏡越しではなく直接尚哉を見下ろして、ちょっと肩をすくめてみせる。

「ああ、これで僕は、ますます君を手放せなくなっちゃったなあ。君にはこれからも、僕と一緒にいてもらわないといけない」

「……今更です」

「うん、そうだね。――その通りだ」

高槻は最後にもう一度、鏡の中の自分を深く覗き込んで、鏡から離れた。

そうして今度こそ、出口の方に向かって歩き出す。

「そうだ、長野旅行の話を聞かせてよ、深町くん」

「えっ、もうさんざん話して聞かせたと思うんですけど」

「山神の話とか例の祭の話については聞いたけど、もっと細かい旅行のあれこれは聞いてないよ。何食べたのかとか、何話したのかとか、夜はホテルで枕投げしたのかとか」

「枕投げはしてません。食べたものは……ええと、覚えてる限りは話せます」

「そう。じゃあ、聞かせてほしいな。長野旅行で、楽しかったことを」

高槻が笑って、そんなことを言う。

尚哉は頭の中で記憶をざっくり掘り起こす。食べたものは大体覚えている。細かい会話の再現がどこまでいけるかは、ちょっと怪しい。とりあえず、カズ兄《にい》が話した子供時代の自分についての恥ずかしい話はまるごと端折《はしょ》っていいだろうと判断した。

そのとき、高槻がふっと尚哉の顔を覗き込んで、こう言った。

「そういえば、ずっと言うのを忘れてたんだけどね」

「何ですか？」

「行ってよかったよね、長野。僕、深町くんの話を聞いて、ちょっと安心したんだよ」

柔らかく笑いながら、高槻がそう言った。

尚哉は一瞬足を止め、それから慌ててまた歩き出しながら、

「何でですか？」

「だって、例の中村さんっておじいさんの話だと、『死者の祭に参加した子が大人になって戻ってきても村から追い払うことにしている』ってことだったよね。山神にとられた者は、村から追い払われなければならない。それはつまり、山神の支配が、あの村の中にしか及ばないことを意味する。村から離れてさえいれば、山神にとられた者達でも無事に生きられるということだよ」

「あ……」

高槻の言葉に、そうか、と思う。

あの村の異界は、あの村の中だけで閉じている。

追いかけてくる死者の群れも、黄泉《よみ》に続く坂道も、あの村の外ではただの昔話と変わらない。それが現実に存在するものであっても——あの村に再び行かない限り、危険が及ぶことはないのだ。

そして、尚哉があの村を訪れることは、もう二度とないと思う。

「君はもう悪夢にうなされなくていいんだ、深町くん。——本当に、よかったよ」

高槻の言葉に、尚哉は一つ息を吐き出した。長野から戻ってからずっと胸の中でつかえていた何かが、一緒に吐き出されて消えたような気がした。

遊園地の出口が近づいてくる。目一杯の電飾できらびやかに輝く遊園地の中に比べて、外の景色はなんだか随分暗く見える。

でも、どんな暗闇を見ても、もうあのお化け屋敷の中で感じたような恐怖を覚えることはないだろう。

頭の中で声がする。

『知って、満足したか？』

今ならはっきりと答えられる気がする。

——知ることに、意味はあったと。

自分達が長野まで行った意味は、ちゃんとあったのだと。

それが、あの旅行についての、高槻と尚哉の解釈だ。

第二章　肌に宿る顔

一向に終わりが見えないように思われた夏の暑さも気づけば弱まり、九月も終わりに近づく頃。

長かった夏休みもついに尽き、キャンパスに学生達が戻ってきた。

ひさしぶりに大学の門をくぐった学生達は誰も彼もが休みボケした顔で、一コマ九十分の講義に耐えるだけの忍耐も集中力もどこかに置き忘れてきている。夏を謳歌《おうか》した勲章のような日焼けした肌も、休みの間に色や形を変えた髪も、夏休みというもはや過ぎ去ったハレの日の名残でしかなく、教室という日常の場では微妙に浮くばかりだ。

そもそもそうやって大学まで出てこられているならまだいい方で、勝手に夏休みの延長戦に入っている者もいたりする。各講義の出席率は、普段に比べて格段に悪い。

それは、どんな人気講義であろうと同じことだ。

「うーん、毎年この時期はこうだけど、困ったものだねえ」

マイクを片手に教室の中を見回し、教壇に立つ高槻が苦笑を浮かべてみせた。

木曜四限、第二校舎３０２教室。

史学科の専門科目である『現代民俗学講座Ⅰ』は、いつもなら空き席を探すのに苦労するほどだ。が、今日はあちこちに空席が目立ち、座っている学生達の間にもどこか弛《し》緩《かん》した空気が漂っている。

「座ってる皆もなんだか眠そうだねえ。休み明けで疲れちゃったかな？——こういうときはスピード感あふれる話を扱うのがいいかなと思って、今日の講義のネタを選んでみました。資料を配布しますので、順に回してください」

高槻はそう言って、一番前の席に座る学生に紙の束を渡した。

配布資料が回るにつれて、だらけた雰囲気だった教室の中にじわじわと笑いの気配が広がっていく。

やがてめぐってきた資料を目にして、尚哉も思わず笑いそうになった。スピード感というのはそういう意味か、と思う。

何しろ資料に載せられていた例話ときたら。

「というわけで、本日は『ジェットババア』の話からいってみようと思います！」

胸を張って高槻がそう言い放ち、教室の中に本格的に笑いがはじけた。

にっこり笑って、高槻が続ける。

「『ジェットババア』は、ものすごい速さで走る老婆です。まるでジェットエンジンを積んでいるかのように速くて、夜道や高速道路などで車を追い抜かしていく。こういった走る老婆の話というのはバリエーションが豊富で、『ターボババア』、『ダッシュババア』、『タタタババア』など、様々な名前で呼ばれています。一般的にお婆さんというのはゆっくり動くイメージがあるので、それがジェット機みたいな速度で走るというのがギャップがあって面白いですよね！　彼女達は大抵二足歩行、つまり普通の人と同じように走りますが、ターボババアは四つん這《ば》いで走るケースもあって、背中に『ターボ』と書かれた紙を貼っていたりします」

大学の准教授が教壇に立って話す内容とはとても思えないが、高槻の講義はいつも大体こんな風に始まる。

配布された資料には、今紹介した足の速いなんとかババア達の例話が幾つも載せられている。その出典は、子供向けの怪談集やサブカル系の都市伝説事典などだ。

「彼女達について語る怪談は、単純で短いものが多いですね。例話①、『車で走っていたら、突然外から窓をノックされた。見ると老婆が車と並んで走っており、そのときの速度は百キロだった』。例話②、『高速道路を走っていたら、後ろからものすごい勢いで走ってきた老婆に追い抜かされた。追い抜かされるときに目が合って、老婆がにやりと笑うのがわかった』。中にはこの老婆のせいで事故に遭うケースもあるようですが、多くは単なる目撃譚《たん》や遭遇譚にとどまります。『見た』、『出会った』、ただそれだけで話が成り立つのは、やはりその登場の仕方にインパクトがあるせいでしょうね」

ふわりとした柔らかな響きの声で、高槻が楽しげにそう語る。仕立ての良い三つ揃いのスーツをまとったその姿も、モデルのように端整な顔に浮かぶ人懐こい笑みも、夏休み前と何も変わらない。

　教室の中ほどの席からそれを眺めつつ、元気そうだな、と尚哉は思う。あの遊園地の件以来、高槻は無事に復活を果たしたようだ。

「では、老婆以外でこういう高速移動する怪異の話はあるでしょうか？　あることはあります。『超音速じいさん』のように、お婆さんではなくお爺《じい》さんのケースがある。しかし、やはりこの手の話は、老婆であるパターンが圧倒的に多いんです。ものすごい勢いで走ってくるお婆さん。ぜひ一度遭遇してみたいですね！」

　言いながら、高槻がチョークを手に取った。

　教室の中に、再び笑いの気配が広がる。高槻はしばしば都市伝説のキャラクターを黒板に描くのだが、その画才のなさについてはすでに皆よく知っている。

　が、チョークを黒板にあてがったところで、高槻は手を止めた。

「ええと、せっかくなのでジェットババアの絵を描きたいところなんですが……これが実は難しい。どんな外見かわからないからです」

　高槻の言葉に、学生達は首をかしげた。

　尚哉も内心、怪訝《けげん》に思う。老婆なのだから、老婆の絵を描けばいいのではないのか。

　高槻は絵を描く代わりに、綺麗《きれい》な字で黒板に『ジェットババア』と書き記した。

　さらにその横に、『老婆である』『ものすごい速さで走る』と箇条書きして、学生達の方を振り返る。

「ジェットババアの特徴は、この二点です。というか、この二点しかありません。でも、じゃあそれは一体どんな姿の老婆なんでしょうね？　髪型は？　服装は？」

　問われて、学生達は配布された資料に目を落とした。

　だが、どの例話にも、単に『老婆』と書かれているだけだった。

　外見についての描写がほぼないのだ。

「たとえば口裂け女の話だったら、『マスクをしている』という特徴の他に、容姿や服装の描写が入ることが多いですね。『髪が長い』とか『レインコートを着ている』とか『赤いコートに白いパンタロン姿』とか。トイレの花子さんなら、『おかっぱ頭に赤いスカート』あるいは『赤い着物』。ひきこさんなら、『口角と目尻《めじり》が裂けた顔で、非常に背が高く、ぼろぼろの白い着物を着ている』。外見描写が入ると途端に怖さが増しますし、姿をイメージしやすくていいですよね。なのにどうして、ジェットババアにはそういった描写がないのか。そして、外見描写がないにもかかわらず、なぜ走る老婆についての怪談はこんなにも多いのか。――それは、彼女達が『老婆』であるがゆえに他なりません」

　高槻がそう言って、黒板に書いた『老婆』の文字を、指の関節で、こん、と叩《たた》く。

　講義が始まった頃はだらけきった雰囲気だったのに、いつの間にか学生達は皆、きちんと前を向いていた。居眠りしている者もスマホをいじっている者もおらず、高槻の話に聞き入っている。

「心理学的な話になりますが、『老人恐怖症』というものがあります。自分が老いることや、すでに老いた存在である老人に対して恐怖や憎悪を抱くことです。そこまでいかなくても、人には多かれ少なかれ『老い』への恐れや嫌悪がある。老いることとは、人にとって最大の恐怖である『死』に近づくことですからね。ゆえに『老い』や『死』を想起させる『老婆』は、怪談のモチーフとなりやすい。そして、もう一つ――『老婆』が想起させる強いイメージがあります。『死』という漠然とした言葉よりも具体的な、そして民俗学的なイメージ。僕らが子供の頃に聞いたり読んだりしたことのある、『鬼《おに》婆《ばば》』や『山姥《やまんば》』といった存在です」

　高槻はそう言って、先程書いた『老婆である』から矢印をのばした先に、『山姥』と書き記した。

「新しくできたように見える現代の都市伝説も、たどっていけば過去の民話や説話の系譜に連なることが多いというのは、これまでの講義でも繰り返し話してきたことですね。山姥は山奥の一つ家に住み、通りかかった者を取って喰《く》います。そしてこの山姥もまた、とても足が速い。『安《あ》達ヶ《だちが》原《はら》の鬼婆』然《しか》り、昔話の『三枚のお札』然り、逃げる主人公をものすごい速さで走って追いかけてくる。――現代を生きる僕達にとって、旅人や寺の小僧を襲う山姥が昔話以上の意味を持つことはありません。けれど、それが山奥から人里へ、ついには高速道路にまで下りてきたとき、そこには新たな怪談が生まれる。ジェットババアは、『走る老婆』、すなわち山姥の系譜に連なる話といえます。だから僕達は、『ものすごく足の速い老婆』としか書かれていなくても、すでに山姥という原像を自らの中に持っているがゆえに、自然とその姿を思い描くことができるのです」

言われてみれば確かに、ジェットババアを頭の中で想像するとき、その姿は、自分の祖母や街中で見かけるお婆さんではなく、白髪を振り乱した着物姿の鬼婆であるように思う。子供時代に絵本や民話集のイラストで見た山姥そのままのイメージだ。

現代社会においては、山姥の活動場所はもはや山奥などではないということなのだろう。だからといって、何も高速道路までやってきてドライバー達を冷やかさなくてもいいのではないかという気もするが。

「ところで、そもそも山姥というものは、なぜものすごい速さで走るのでしょうか？　実はここにはもう一つ、別のイメージの系譜があります」

高槻がまた黒板に向き直る。

今度は『ものすごい速さで走る』から矢印をのばし、その先に『追いかけてくる女』と書いた。

「ジェットババアは大抵後方から現れる。そして、こちらの車を追ってくる。昔話の山姥もまた、逃げる主人公を追いかけてくる存在です。この『追いかけてくる女』というモチーフを持つ話はとても多い。古い例を挙げるなら、『古事記《こじき》』の黄泉《よみ》の国の段で、イザナギを追いかけた黄泉醜女《よもつしこめ》やイザナミがそれに当たります」

イザナミが放った黄泉醜女に追われたイザナギは、鬘《かずら》や櫛《くし》の歯を投げる。投げたそれらからは山ぶどうや筍《たけのこ》が生え、醜女達がそれを食べている間に、イザナギは逃走する。

「呪物《じゅぶつ》を投げることで逃げのびるというイザナギのエピソードは、その後の話に様々に受け継がれていきました。先に挙げた昔話の『三枚のお札』で、山姥に追われた小僧がお札を投げて川や火事などを作り出す様がまさにそうですね。ジェットババアにはそうしたエピソードを持つものはありませんが、別の有名な都市伝説でこの要素を引き継いでいるものがあります。何かわかりますか？　では、そこの君」

高槻が、前から数列めの席に座っていた女子学生を指した。

いきなり指されて口ごもる彼女に、高槻が自分の口元を軽く指で示して言う。

「ヒントは、『マスク』」

「……あっ、えっと、『口裂け女』？」

「正解」

高槻はにこりと彼女に笑いかけ、黒板の『追いかけてくる女』の横に『口裂け女』と書き記す。

「口裂け女もとても速く走りますよね。でも、そんな彼女から逃走するための呪文や呪的アイテムが設定されている。『ポマード』と三回言うとか、べっこう飴《あめ》を投げるなどです。口裂け女にはまた『醜い』という特徴もある。ここには、腐乱した体を持つイザナミや黄泉醜女のイメージが潜んでいる。ジェットババアの場合、直接的に醜さが語られることはありませんが、『老婆』という特徴には醜さも含まれるでしょう。また、イザナギの逃走譚とは異なる系譜ではありますが、『追いかけてくる女』の話の典型の一つに、道成寺《どうじょうじ》伝承で有名な安珍清姫《あんちんきよひめ》の話があります。旅の僧に懸想した娘が、彼を追って走るうちに大蛇に身を変じ、ついには寺の鐘に身を隠した僧を鐘ごと焼き殺してしまう。これもまた様々なバリエーションを生んで広く流布した話ですが、大蛇に身を変じた女は、大抵は鬼や竜のような顔で描かれます。すさまじい勢いでこちらを追いかけてくる女達はいずれも醜く、そして恐ろしい。……では、なぜ追ってくる女達はかくも醜く恐ろしいのか？　この恐怖の源は、一体どこにあるのでしょう」

　高槻はチョークを置き、指先についた粉を払った。

　あらためて学生達の方に向き直り、

「この恐怖は、やはりそもそもは男性目線で作られたものと考えられます。かつて日本は、今よりもずっと男性優位な父系社会でした。また、仏教的な考え方においても、女性は穢《けが》れた存在とされていました。女性は男性より地位が低く、弱いものだった。いえ、弱くあるべきものとされていた、と言うべきですね。そうやって社会の中心からはじかれた存在は、怪異に変じやすい。なぜなら支配する側が常に恐れるのは、価値観の逆転だからです。――つまり、支配されるべき側が、支配する側に対し牙《きば》を剝《む》くこと」

　高槻が言う。

　学生達は男も女も神妙な顔でそれを聞いている。

　彼らの顔をゆっくりと見渡しながら、高槻は続ける。

「こちらの意に従うべき存在が、反抗し、すさまじい執着や我欲を露《あら》わにしたとき、当時の男性は、あってはならぬことだと戦慄《せんりつ》したのかもしれません。そして、その姿を化け物にたとえた。『醜い』という属性の付与も、そうした蔑視《べっし》と恐怖の表れでしょう。彼らが抱いた恐怖は多くの怪談を生み、生み出された怪談は人々の中に浸透していった。その結果、男性優位の考え方が薄れつつある現代においても、話型の一つ、イメージの典型として、このような女性の怪異への恐怖は今なお継承され続けているのです」

そのときだった。

高槻が一瞬だけ、ふっと眉《まゆ》をひそめた気がした。

尚哉はなんとなく気になって、高槻の視線をたどって教室の後方に目を向けた。

大学の講義は自由席だ。大抵の講義は中ほどから後方にかけての席から埋まっていくものだが、その顔面の良さゆえか、高槻の講義はいつも前方から埋まる。出席率の悪い今日は、後ろの方の数列はからっぽだったように思う。

でも、今見ると、一番後ろの隅の席に、スーツ姿の男性が一人座っていた。

見覚えのない顔だった。

まだ割と若そうな雰囲気だが、他所《よそ》の大学の院生か教員辺りが見学にでも来ているのだろうか。しかし、あまり研究者という感じもしない。

誰だろうと思いながら尚哉が後ろを見続けていたら、高槻が小さく咳払《せきばら》いした。

慌てて前を向くと、何事もなかったかのように講義を進めている高槻と一瞬だけ目が合う。こら、と目で叱られた気がして、尚哉は首をすくめた。相変わらず、よく見ていることだ。

「よー、深町！　ひさしぶりー」

講義が終わり、荷物をまとめていると、後ろから声をかけられた。

振り返ると、同じ史学科の難波《なんば》要一《よういち》が立っていた。

「ひさしぶり。……ていうかお前、二限も同じ講義取ってるはずだよな」

「寝坊した。起きたら二時過ぎてた」

「二時って」

「だってさー、そんなすぐ夏休み時間から元に戻るわけねーじゃん体内時計がさー」

「そこはなんとか戻せよ。ていうか、夏休み中どんな生活してたんだ」

「せめて高槻先生の講義だけは出ようと頑張った俺を褒めろ」

難波が胸を張って言う。

えらいえらいと投げやりに難波を褒めつつ後ろを振り返ってみると、例のスーツ姿の男はすでにいなくなっていた。高槻も、今日はさっさと教室から出て行ったようだ。

尚哉は鞄《かばん》を取り上げ、難波と一緒に教室を出た。

「やっぱ高槻先生の講義、面白《おもしれ》えわー！　来年度からの専攻、マジで民俗学にしようかな。ジェットババアで卒論書きてえよな！」

うーんと両腕を上げてのびをしながら、難波が言う。

その腕も顔も、夏休み前に比べて随分と日に焼けていた。思うさま夏を満喫した後のようなその黒い顔を見ながら、尚哉は尋ねる。

「難波、すごい日焼けしたな。旅行でも行ったのか？」

「あー、日焼けはサークルの合宿のときだな。海行ったから、もー焼けた焼けた」

「……あれ、難波って何のサークルだっけ？」

「テニス」

「何でテニスサークルが海で合宿？」

「テニスもしたって。一応な。うちのサークル、結構ゆるいんだよ。ちゃんと練習もするし、よそと交流試合もするけど、別にそんなゴリゴリに鍛えて大会目指すとかそーゆーんじゃねーのよ。『楽しく青春！』がモットー」

そう言って、難波が笑う。確かにそういう方が、難波には向いていそうだ。

「深町はそんなに焼けてねえなあ。旅行行くって言ってなかったっけ？　ほら、高槻先生のフィールドワークのお供で」

「ああ、うん、行ったけど。海じゃなくて山だし」

「ふーん。で、どーだった？　フィールドワーク」

「……うん。色々あったけど、なんとか帰ってこれた」

「何だそれ。そんなすげえ山奥とか行ったのかよ？　幽霊出るやべえ廃墟《はいきょ》とか？」

「廃墟じゃないけど……幽霊は出たかな」

「えっ、マジで⁉　何それ、ちょっと話聞かせ──あっ、ごめん」

難波がスマホを取り出した。ＬＩＮＥがきたらしい。

「うわ、やべ、俺もう行かねえと。その話、また今度聞かせろよ！　んじゃな！」

慌ただしく走り出しつつ、難波が言う。ごめんなーと最後に振り返ってでかい声で言ったときにはもう廊下の先の方まで行っていて、他の学生が驚いたように振り返った。

尚哉はそれを見送り、苦笑した。別にもともと何か用事があって声をかけてきたわけでもないのだろうし、そんなに謝ることはないと思うのだが。

……というか、用もないのに尚哉に声をかけてくる奴なんて、難波くらいのものだ。

学生の中での尚哉は、あくまで『地味メガネ』だ。

誰かに嫌われたりすることがないように気をつけてはいるし、話しかけられれば普通に応じるが、いつも極力目立たないように、周囲からの認識が「ああ、なんかそんな眼鏡かけた地味な奴いたっけな」くらいで終わるようにと心がけて生きている。大学という場所はとても巨大で、あまりにもたくさんの人間がいるから、埋没しようと思えばいくらでも埋没してしまえる。たとえ同学部同学年であったとしても、尚哉の名前を覚えている者はほとんどいないはずだ。

それは、もうずっと前に尚哉が自分で選択した生き方だ。

それでいいと思っているし、今更違う生き方など望むべくもないとも思う。

難波とは、一年のときに語学クラスが一緒だったというのがそもそもの縁だ。難波はもともと誰にでも話しかけるタイプの奴ではあるが、前年度の終わりにとある事件があって以来、どうも距離感が前より近くなってしまった。

尚哉の方でも、難波を頼ることがあったりもして——正直、ルールに違反しているという自覚はある。

誰とも親しくしてはならない。自分で引いた線を守り、その外には手をのばさない。

それが、この耳の力と共に生きていくためのルールだ。

だけど。

——何も見えない闇の中、脳裏で眩《まぶ》しく閃《ひらめ》いた金色の火花を思い出し、尚哉は難波が走っていった方に思わず目を向けた。

黄泉比良坂で思い出した記憶の中には、難波もいたのだ。

『よせよせ、こーゆーのはお互い様だろ』

きっと難波にとっては、あんなことは全然たいしたことじゃないのだろうけれど。

それでも尚哉には……本当に、嬉《うれ》しかったから。

鞄を肩に掛け直し、一人で廊下を歩き出しながら、尚哉はそっと息を吐き出した。

長野に行った話を今度聞かせろと、さっき難波は言った。

そのまま話すことなど、勿論《もちろん》できない。話したところで信じてもらえるわけがないし、全部話すにはこの耳のことまで話さなければならなくなる。

でも——いつか。

いつか何かの拍子に、それこそ酒の席か何かで半分冗談みたいに、難波にも色々話すことができたらいいなと……ちょっとだけ、尚哉はそう思った。

高槻からメールがきたのは、それから少し経ってからのことだった。

『ちょっとバイトの話があるんだけど、まだ大学にいるなら研究室まで来てくれる？』図書館での用事を済ませて、そろそろ帰ろうかと思っていた頃だった。尚哉は『行きます』とだけ返信して、研究室棟に向かった。三階の３０４というプレートがついた部屋をノックする。

「どうぞ」

柔らかく澄んだ声がそう返し、尚哉は研究室の扉を開けた。

高槻は、湯沸かしポットとコーヒーメーカーが載った小テーブルの前にいた。尚哉のマグカップを片手にこちらを振り返り、にっこりと笑う。

「ああ、ごめんね、急に呼び出して。でも、まだ大学にいてくれてよかった」

「……お客さんですか？」

小テーブルの隅に使用済らしき大仏マグカップが出ているのを見て、尚哉は尋ねる。あれは、この研究室に来客があったときに使用されるカップだ。研究室の中には、コーヒーの香りが濃く漂っていた。

高槻のもとにくる依頼は、大抵『隣のハナシ』を通してメールで届く。だが、今回は珍しく、直接話をしに訪れたということだろうか。

「うん、さっき帰ったところ。なるべく急ぎで対応してほしいって言われたものだから、深町くんにも早く話しておこうと思ってね。——あ、今年も院生の子達が夏休みのお土産を持ってきてくれてるから、好きに食べていいよ。甘くないおせんべいもある」

座って、と尚哉に手で促しながら、高槻が言った。大机の上に並ぶ地方銘菓の山は、夏休み明けの研究室の風物詩のようだ。尚哉はありがたくせんべいを一枚もらう。

高槻が、尚哉の前にコーヒーの入った犬柄のマグカップを置いた。自分はマシュマロココアが入った青いマグカップを片手に、尚哉の隣に腰を下ろす。

「ええとね、実は今回は——僕の身内からの依頼なんだ」

「身内？」

「うん。顔だけはさっき深町くんも見たと思うけど。ほら、講義の途中で教室に入ってきた人がいたでしょう」

「ああ、あの」

例のスーツ姿の男のことだ。

高槻はパイプ椅子の背もたれに身を預けるようにしながら、ココアを口に運んだ。

「あれね、実は僕の従弟《いとこ》なんだ。五歳下の」

「えっ」

「そんな驚かなくても」

高槻が苦笑する。

尚哉はすみませんと謝りながら、スーツ姿の男についての記憶を掘り起こした。距離があったし、そんなにはっきりと顔を覚えているわけではないが――高槻とはあまり似ていなかったような気がする。

というか、高槻の家の事情を思うと、直接訪ねてきて依頼をするような身内がいるということ自体、ちょっとばかり意外だった。

高槻が苦笑したまま言う。

「いや、僕も驚いたんだよ。何しろ僕は、実家や親戚《しんせき》とは普段全くやりとりしていないからね。前に従弟に会ったのは、僕がイギリスに行く前だ。もう二十年以上経ってる。そんなに仲が良かったわけでもないから、いきなり訪ねてきて本当にびっくりした」

「そんな人が、先生のところに何の依頼に来たんです？」

「それなんだけどねえ……」

高槻はまたココアを一口飲み、少し眉根《まゆね》を寄せて、こう言った。

「深町くん、人面瘡《じんめんそう》って知ってる？」

「人面瘡？……ええと、確か人の顔の形をしたできもののことですよね」

「うん。それがね、できたらしいんだ」

「は!?　その従弟さんに、ですか？」

「いや、従弟の婚約者に。……わざわざ冗談でそんなことを言いに来る子じゃないんだよ、優斗《ゆうと》は。昔から、とても真面目な子だった」

高槻はそう言って、話し始めた。

――高槻優斗。それが、その従弟の名前なのだという。

高槻の母親には弟が二人いるのだそうだ。上の弟が渉。下の弟が博也《ひろや》。

優斗は、博也の一人息子だ。

「博也叔父《おじ》さんは、僕の父が経営する会社のグループ企業の社長をしてる。優斗もそこで働いていてね。最近、縁談が持ち上がったんだそうだ。相手は取引先の重役のお嬢さんで、鷹村《たかむら》未華子《みかこ》さんという人だ。年齢は二十六歳」

「いわゆる政略結婚ってやつですか」

「うん、まあ、そうなるかな。だから二人は、お見合いをしてすぐに婚約した。今はまだ交際期間ということで、お互いの都合がつくときに会って、仲を深めることにしているみたいだね」

「え、婚約してから仲を深めるんですか？」

「結婚することはもう両家の間で決まってるからねえ。政略結婚っていうのは、そういうものだよ。まあ、もともと親同士の付き合いがあったから、小さい頃から顔くらいは知ってたらしいけど。でも、ちゃんと話すようになったのは婚約してからだし、それもまだ日が浅いみたいでね。これから徐々にお互いのことを知っていけばいいかってくらいに考えてたらしいんだけど——そこで異変が起こった」

数日前のことだ。

未華子が一人暮らしをしているマンションを訪れた優斗は、扉を開けて自分を迎え入れた彼女を見て、一瞬別人かと思ったらしい。

「しばらく優斗の出張が続いていたものだから、会うのは一か月ぶりだったそうなんだけどね。未華子さんは、その間にげっそりと痩《や》せてしまっていたんだ。顔色も悪くて、余程ひどい病気にでもかかったのかと、優斗は心配した」

最初のうち未華子は、「大丈夫だから」とか「ちょっと風邪をひいただけ」などとごまかしていたらしい。だが、いつもに比べて口数も少なく、ふさぎ込んだ様子の未華子に、優斗は「何かあったのなら話してほしい」と言った。

すると未華子は、突然泣き出したのだという。

そして、泣きながら、着ていたブラウスの前をはだけ——優斗に、右肩を見せた。

そこには、肩の丸みに沿うように、血のにじんだガーゼが貼りつけられていた。

未華子がガーゼをはがした瞬間、優斗は思わず息を呑《の》んだ。

未華子はすすり泣きながら、己の右肩から顔を背けるように左を向き、そしてこう言ったのだそうだ。

「見て、まるで人の顔みたいでしょう」——と。

右腕の付け根に近い場所の皮膚が、でこぼこと赤黒く盛り上がっていた。表面に不規則に皺《しわ》の寄ったそのできものは、言われてみれば確かに人の顔に酷似して見えた。真ん中に縦に走った膨らみは鼻に、その両横のたるんだ皺は閉じた瞼《まぶた》に、そしてその下の真一文字にぱっくりと裂けた傷は血を吐く口にそっくりだと思った。

一体どうしたのかと尋ねた優斗に、未華子は泣きながら「わからない」と答えた。数日前から肩に痒《かゆ》みを感じ、そこからみるみる肌が腫《は》れ上がって、昨日の夜には突然皮膚が裂けてしまったのだと。

病院には行ったのかと尋ねると、未華子は首を横に振った。あまりに気持ち悪くて、人に見せるのが怖いのだという。だが、血まで流している傷を放っておくわけにはいかない。優斗は未華子を引きずってでも医者に連れて行こうとした。

だが、未華子は抵抗した。

どうしても嫌だと、首を横に振って泣きわめいた。

「……何で未華子さんは、病院に行くのをそんなに嫌がったんです？　明らかな皮膚異常なんですよね。しかも血まで出てるのに、痛くないんでしょうか？」

さすがに不思議に思って尚哉が尋ねると、高槻は少し目を細めて言った。

「それが、未華子さんは以前、人面瘡について書かれた本を読んだことがあるらしくてね。自分の肩にできたものは人面瘡なんだと思い込んでいるようなんだ。そんなものができたなんて医者にも親にも知られたくないと、頑《かたく》なに主張しているんだそうでね」

「でも、だからって先生に相談されても……いくら民俗学の専門家だからって」

「ところが、僕に相談するのを望んだのは未華子さんだというんだ」

「え？」

「未華子さんが、優斗に頼んだんだそうだ。僕に連絡してほしいってね」

高槻はそう言って、両手で包むようにして持ったマグカップに視線を落とした。

ゆっくりと、高槻が唇の両端を持ち上げる。

けれどそれはいつものような晴れやかな笑みにはならず、高槻はわずかに歪《いびつ》な微笑を唇に刻むと、乾いた声でこう言った。

「『きっと天狗《てんぐ》様なら何とかしてくれるはずだから』――未華子さんは、優斗に向かってそう言ったらしい」

「え……」

その言葉に、尚哉は思わず目を見開いた。

――『天狗様』。

それは、かつての高槻の呼び名だ。

神隠しに遭い、戻ってきた高槻に対して、高槻の母が押しつけたファンタジー。

一か月にわたる失踪《しっそう》と、その間についての記憶の喪失。背中に負った奇妙な傷と、時折色を変える瞳《ひとみ》。異常なまでの記憶力の向上と、鳥に対する過剰な恐怖反応。愛する息子に一体何があってこんなことになったのか、高槻の母はどうしてもそれが知りたかった。けれど、警察も医者も、何一つ明確な答えを彼女に与えてはくれなかった。手掛かりは一切なしで、事件は未解決。高槻の瞳の色が変わる原因さえわからない。

だから彼女は、逃げ込んだ。

『自分の息子は天狗にさらわれたのだ』という幻想に。

その幻想の中では、高槻の背中の傷は、『一度は天狗にされかかったが、翼を切られてこちらの世界に戻されたため』と解釈された。

そして高槻の母は、己の幻想をより強固にするために、周りの人間にもそれを広めようとした。

大企業の社長の娘だった彼女は、父が経営する会社の重役や取引先の奥様方と付き合いがあった。高槻の母は彼女達に息子を『天狗の子』として紹介して、その特別な力を見せつけたのだ。

なくしたものの在り処《か》をたやすく言い当て、どんな悩みであろうとも解決してくれる美しい少年のことが、彼女達にはまるで千里眼を持っているかのように見えたのだろう。あっという間に彼女達は高槻に傾倒し、『天狗様』と呼んで称《たた》えた。

「未華子さんは、あの頃うちの母が主催していたお茶会に、自分の母親に連れられて何度か来ていたんだ。……彼女のことは、僕も覚えてる。当時はまだ幼稚園児だったと思うけど、まるでお人形さんみたいなドレスを着せられて、いつもクマのぬいぐるみを抱きながら、大人達の話をきょとんとした顔でおとなしく聞いてた。彼女がお茶会にやってきたのはほんの数回のことだったけど、そのときのことが変な風に印象に残ってしまったのかもしれないね。もう二十年以上経ってるのに、まだ覚えているなんて」

そう言って、高槻が小さくため息を吐く。

幼い彼女には、高槻のことが本当に神様にでも見えていたのかもしれない。困っている人のことを助けてくれる、何でもできる『天狗様』なのだと。

尚哉は高槻の横顔を見つめた。

「先生。……その依頼、受けたんですか？」

「うん。受けたよ」

にこりと笑って、高槻が尚哉の方を向く。

「深町くんの都合が良ければ、明日《あした》か明後日《あさって》には、未華子さんのところに行けたらいいなと思ってるんだけど――」

「――断りましょうよ、それ」

遮るように尚哉が言うと、高槻は一度口をつぐんだ。

それから、困ったように笑って、

「どうして？　もう受けちゃったから、今更断れないよ」

「でも、だって……」

『天狗の子』にまつわる記憶は、高槻にとって、触れてはならない大きな傷になっているはずなのだ。前に山梨旅行をしたとき、当時のお茶会に参加していた女性に「天狗様」と話しかけられただけで、高槻はその晩悪夢にうなされた。

高槻を「天狗様」と呼び、あまつさえその力に頼ろうとする相手を前にすることが、高槻の負担にならないわけがない。

「……心配性だなあ、深町くんは」

高槻がそう言って、くしゃりとした笑みを浮かべた。

机に片肘《かたひじ》をついて顎《あご》を支え、目を細めるようにして尚哉を見る。

「健ちゃんの過保護が、すっかりうつっちゃったねえ。まったく、僕の周りはそんな人ばっかりだよ」

「それは先生がいつだって危なっかしいからです」

「大丈夫だってば。……ほら僕、別に嘘ついてないでしょう？」

自分の顔を指差して、高槻がそう言った。

確かにその声に歪《ゆが》みはない。いつも通りに柔らかく透明な響き。

でも、この人のことだ。上手《うま》くごまかしている可能性は十分にあると思う。

それに——たとえ本人が大丈夫だと思っていたって、実は全然大丈夫じゃないことだってある。

と、しばらく尚哉を見つめていた高槻が、これ見よがしにため息を吐いて、

「うーん、そうか、バイトの君がそんなに気が進まないなら、今回の依頼は僕だけで行こうかなあ」

いきなりそんなことを言い出した。

「は？　何言ってるんですか、先生」

「だってほら、どうせ優斗が迎えに来るんだから、道案内もいらないしね。さすがに今回は、僕も理性のねじが吹っ飛んではしゃいじゃうこともないだろうし」

「ちょ、ちょっと待ってくださいよっ」

　何でそうなるのだ、と尚哉はちょっと慌てて高槻を睨《にら》む。高槻を一人で行かせる方が余程まずいに決まっている。

　だが高槻は、実に残念だという顔で首を振り、

「僕としては深町くんにもぜひ一緒に来てもらいたいんだけど、そんなに気が進まないなら仕方ないよねえ。それじゃ深町くん、呼び出しといて悪いけど、今回は――」

「――あーもうっ、わかりましたよ！　所詮《しょせん》バイトの身分で依頼に口出ししてすみませんでした！　俺も行きます、同行させてください！」

　観念して尚哉がそうわめくと、高槻は、にやっと勝ち誇った笑みを浮かべてみせた。こういうところは本当に大人げない人だと思う。佐々倉に告げ口してやりたい。

　翌日の夜。

　大学の門の前まで車で迎えに来た高槻優斗は、高槻と一緒にいる尚哉を見て、不審げに眉《まゆ》をひそめた。

　運転席から降りもせずに、窓だけ開けて問うような視線を向けた優斗に、高槻がにこ

やかに笑って尚哉を紹介した。

「優斗。こちらは深町くんといってね、僕の助手をしてくれている学生なんだ。今日は彼も同行するよ」

「……プライベートな相談のつもりだった」

ぼそりと優斗が言う。

だが、高槻は笑顔のまま、

「僕は、あくまで民俗学の専門家として、人面瘡《じんめんそう》についての相談を受けたつもりでいるんだけどね。優斗だって、『天狗様』の力なんて別に信じちゃいないでしょう？」

「……」

優斗は顔をしかめると、無言で後部座席を顎で示した。乗れ、ということらしい。

高槻と尚哉が並んで後部座席に収まると、優斗はそのまま車を発進させた。

尚哉は斜め後ろの位置から、そっと運転席の優斗を窺《うかが》った。

こうして間近で見てみても、やはり優斗は高槻とは少しも似ていなかった。叔父《おじ》の渉が高槻とよく似ていたから、余計にそう思うのかもしれない。毛質の硬そうな真っ黒い髪に、一重瞼《まぶた》で薄めの顔立ち。同じスーツ姿でも、モデルかと思うような洒落《しゃれ》た雰囲気の高槻に比べて、優斗の方はいかにも会社員という感じである。……いや、たぶん高槻や渉の方が、一般人の枠組みから外れているのだとは思うが。

おまけに、優斗がまとう空気には、明らかな険が含まれていた。

自分から頼みに来たのだろうに、車に乗った高槻に対して話しかける様子もない。それどころか、むしろ話しかけてくれるなと言わんばかりに、前だけを向いている。はっきり言って感じが悪い。

が、高槻の方はまるで気にした様子もなく、尚哉を相手ににこにこと昔話を始める。

「深町くん。優斗は、今はこんな感じだけど、すごく小さい頃は結構可愛かったんだよ？　僕のことを『アキくん』って呼んで、僕の後をついて回ったりしてね」

「……そうなんですか」

要するに、尚哉にとってのカズ兄が、優斗にとっての高槻なのだろう。とはいえ、現在の優斗を見る限り、『アキくん』と言いながら高槻の後をついて回る姿など、とても想像できないが。

それなのに高槻は、懐かしそうに目を細めながら、

「親戚《しんせき》同士で集まったときとか、よく一緒に遊んだんだよ。僕も、従弟《いとこ》は優斗しかいなかったから、可愛がってた。昔の話だけどね」

「――大昔の話だろ」

優斗が前を向いたまま、低い声で言った。

「そんな幼稚園児の頃の話を今更持ち出さないでくれないかな。俺はもう三十だ」

「残念ながら、それ以降の優斗との思い出があんまりないものだからね。途中からどうも僕は優斗に避けられるようになったから」

ちょっと肩をすくめるようにして、悪気のない様子で高槻が言う。

優斗はそれ以上は何も言わず、ただ少しだけ乱暴にハンドルを切って角を曲がった。

それを見ながら尚哉は、ああこの人は本当は高槻のところになんて来たくなかったんだろうなと思う。婚約者の女性に懇願されたから、仕方なく高槻に相談したのだ。高槻だって、優斗とは別に仲が良かったわけではないと言っていた。前に会ったのは二十年以上前だと。……それだけ、両者は断絶していたということだ。

——やっぱり高槻はこの依頼を受けるべきではなかったのではないだろうか。

尚哉はそう思って、ちらと高槻の様子を窺った。

高槻の家族や親戚について、尚哉はあまり良い印象を持っていない。

佐々倉や渉、そして高槻本人から聞いた話を総合するに、例の神隠し事件以降、彼らは誰一人として高槻に対して優しくはなかったはずだ。

尚哉の隣で、高槻は窓の外を流れていく景色に目を向けている。その顔にはいつもと変わらない笑みが浮かんでいたが、この人の笑顔を信用してはいけないことくらいもうずっと前からわかっている。

高槻が立っている場所は、常に境界線の上なのだ。

最近、前よりも強くそう思うようになった。

現実と異界の境界。日常と非日常の境界。

そして——明るい光の射す優しい世界と、凍えつきそうなほど冷たく暗い世界の境界。

明るい世界の方には、佐々倉や渉や瑠衣子がいる。そちら側を向いている限り、高槻は幸せに笑って生きていけると思う。

けれど、その反対側では、高槻の過去にまつわる闇がどろどろと暗く渦を巻き、からみつくような指を冷たくのばしては高槻をそちら側に引きずり落とそうとする。

尚哉の隣で、高槻はまだ窓の外を見つめている。その視線の先には夜が広がっている。立ち並ぶ街灯や車のライトが窓越しに高槻の白い頬を照らし、その瞳《ひとみ》を青く透かせた気がして、尚哉ははっとする。

「……どうかしたの？　深町くん」

怪訝そうにこちらを見た高槻の瞳は、普段と同じ優しい焦げ茶色だった。尚哉は何でもないです、と慌てて首を振った。

やがて車は、こぢんまりとした白いマンションの前で停まった。

優斗に連れられて未華子の部屋を訪ねると、まるで待ち構えていたかのように即座に扉が開き、髪の長い女性が顔を出した。

大きな切れ長の目が印象的な、和風の顔立ちの美人だった。束ねることなく下ろした髪は黒々としていてやや重たい感じがするが、それが肌の白さをより際立たせていて、まるで日本人形のようだ。だが、優斗の話にあった通り、見てすぐわかるほどに痩《や》せている。こけた頬は少し骨が目立つほどだ。左手の薬指には大きなダイヤの指輪が光っている。

「天狗《てんぐ》様……！」

未華子は高槻の顔を見るなり、感極まった様子で両手で口元を覆った。頬にみるみる血の気が昇り、黒い瞳が熱を帯びて輝く。それを見た優斗が、少し顔をしかめた。

高槻が愛想良く笑って、未華子に話しかけた。

「こんばんは。おひさしぶりですね、鷹村未華子さん」

途端、未華子は両手で口元を覆ったまま、少し肩を震わせて目を瞠《みは》った。

「天狗様……あの、私のこと、覚えて……？」

「勿論《もちろん》です。子供の頃の話ですが、何度か母のお茶会でお会いしましたね。しかし、どうかその呼び名はご勘弁願います。僕には、高槻彰良という名前があります。今は大学で教鞭《きょうべん》を執っています」

「……あ、す、すみません。大変失礼いたしました！」

急に我に返ったように、未華子が姿勢を正した。興奮していた自分を恥じるように頬に手をやり、それからがばりと勢いよく頭を下げる。

長い髪がその肩を滑り落ち、尚哉はつい彼女の右肩に目を向けた。白いブラウスの上に薄手の赤いカーディガンを重ねた未華子の肩は、服の上からでは特に異常があるかどうかはわからない。だが、優斗の話では、そこには人面瘡があるというのだ。

「あの、青和大学で准教授をなさっているんですよね、優斗さんから聞きました。今日はお忙しいところをありがとうございます、高槻先生。どうぞ、お入りください」

未華子がそう言って、高槻を中へ迎え入れた。優斗と尚哉もそれに続く。

１ＬＤＫの部屋は綺麗《きれい》に整頓《せいとん》されていた。柔らかな色合いの家具やカーペットは落ち着いた雰囲気で、さりげなく置かれた小物も上品なものばかりなのに、ソファの上に古ぼけたクマのぬいぐるみがちょこんと座っているのがなんだか微笑ましい。リビングの一角には仕事用と思われる本棚とデスクがあり、英会話や通訳の本が置かれていた。

「今、お茶を入れますので、座っててください」

未華子がそう言って、高槻と尚哉にソファを勧めた。勧めてからクマの存在を思い出したらしく、慌てたようにソファに歩み寄ると思いのほかぞんざいな手つきでどかす。

カーペットの上に投げ出されたぬいぐるみを、高槻が拾い上げた。

なかなかに年季の入ったクマの鼻面をしみじみ眺めている高槻に、尚哉は首をかしげ、

「先生、どうしたんですか？」

「あ、ううん、何でもない」

高槻はそう言って、ぬいぐるみをカーペットの上に丁寧に座り直させてから、ソファに腰を下ろした。尚哉もその隣に座る。

「未華子さんは、通訳のお仕事をされているんですか？」

高槻がそう尋ねると、キッチンでお茶の支度をしていた未華子が、ぎこちなく笑って答えた。

「以前は会社に勤めていたんですけど、去年留学して、今は通訳になるための勉強をしているところです。……その前に、優斗さんと結婚ということになりそうですけど」

「未華子さんは、とても努力家なんだ。結婚後も、応援したいと思ってる」

未華子の横で支度を手伝っていた優斗が、そう言い添える。

「見合いの席でも、留学していたときのことを楽しそうに話してくれたんだ。俺も学生の頃に留学していたことがあるから、話が合ってね。今は入れ替わりに妹さんが留学してるそうだ。姉妹そろって勉強熱心で、とてもいいと思う」

そう言って未華子に笑いかける優斗の顔は優しく、温かみがあった。車の中ではなんだか嫌な人だなと思ったが、単に高槻に対して冷たいだけらしい。

ソファは二人掛けで、優斗と未華子はローテーブルを挟んで向かい側に、カーペットの上にじかに腰を下ろす形で座った。ポットから紅茶が注がれ、アールグレイの香りがふわりと漂う。

高槻が言った。

「さて、本題に入りましょう。——未華子さん、差し支えなければ、あなたにできたという人面瘡《じんめんそう》を見せていただきたいのですが」

未華子が優斗の方に目を向ける。

優斗がうなずくと、未華子は着ていたカーディガンを脱いだ。その下のブラウスは袖《そで》なしだった。

右肩というか、上腕の付け根付近というのが正しいだろうか。

そこに、確かに人の顔があった。

いや——違う。

その部分の皮膚がケロイド状に盛り上がっているのだ。赤黒く変色した皮膚はぼこぼこと不規則に膨れ、ところどころでよじれたような皺《しわ》を作り、それがまるで人の顔のように見えているだけだ。

しかし、一度顔のようだと認識してしまうと、本当に顔としか思えなくなる。真ん中の細長い引き攣《つ》れは鼻に、それを挟んで両側にあるたるんだような皺は二つの閉じた瞼《まぶた》に、その下に走る真一文字の傷は引き結んだ口にしか見えない。全体の大きさは、七、八センチはありそうだった。

それはまさに、人面瘡としか呼びようのないものだった。

「——ちょっと失礼。近くで見せていただいてもいいでしょうか」

言ったときにはもう高槻はソファから立ち上がって、未華子の傍らに膝《ひざ》をついていた。ぎょっとして一瞬止めかけた優斗など目にも入っていない様子で、未華子の右腕をつかんで引き寄せ、顔を寄せるようにして人面瘡を覗《のぞ》き込む。

続いて高槻は、指で人面瘡に触れ始めた。未華子が恥ずかしそうに身をよじるのも気にせずに、まるで医者が触診でもするかのような手つきで、人面瘡の瞼や鼻や頬にあたる部分を順番に押していく。

「痛いですか？」

高槻が尋ねると、未華子は戸惑ったような顔で「いいえ」と答えた。

最後に高槻が、口のように見える傷に触れたときだけ、未華子は顔を歪《ゆが》めて「痛いです」と小さな声で言った。

「わかりました。どうもありがとうございます」

高槻はそう言って、未華子の傍らを離れた。ソファに戻ってくる。

優斗が、未華子がカーディガンを着直すのを手伝いながら、高槻に尋ねた。

「それで、これは一体何なんだ？　本当に、その、人面瘡ってやつなのか」

「——その前に、ちょっと未華子さんの話を聞こうか」

高槻はにこりと笑って、未華子を見た。

「未華子さん。あなたは人面瘡についてすでに知識をお持ちだそうですね。何の本をお読みになったんですか？」

「あ、あの……学生の頃に、近世文学の研究をしていて。それで、『伽婢子《おとぎぼうこ》』や『絵本百物語』を読んだことがあって……」

未華子が目を伏せながら言う。

すると高槻は、ぱっと顔を輝かせて身を乗り出し、

「そうですか、その二つをお読みでしたか！　確かに人面瘡の話が載っていますね、どちらも大変興味深い内容ですよね！」

「……何だよその本は」

優斗が話についていけないという顔で、高槻を見る。

高槻はにこにこしながら、

「どちらも江戸時代に発行された怪談集だよ！　『伽婢子』にはまさに『人面瘡』というタイトルの話が載っていてね、山城国《やましろのくに》小椋《おぐら》の農民の左の股《また》の上に人の顔の形をした瘡《かさ》ができたという内容なんだ。『其《そ》の形人の貌《かお》の如く、目口ありて鼻耳はなし』ということだから、未華子さんのとはちょっと違うね。未華子さんのは鼻があるようだから」

そう言って高槻は、ねえ、というように未華子に向かって笑いかける。

未華子は、困惑したような顔で少し首をかしげた。いきなり高槻が楽しげに話し出したものだから、わけがわからないのだろう。

が、こうなった高槻は立て板に水だ。講義のときのような口調で話し続ける。

「この農民は、人面瘡ができる半年前から病みついていた。悪寒発熱や全身の痛みに苦しんでいたんだ。瘡ができてからはそういった症状は止まったんだけど、この瘡が痛くてね。人面瘡に何か食べさせると痛みは止まるんだけど、食べさせないとまたひどく痛む。――ちなみに未華子さんは、似たような体調不良はあったんですか？」

「……いえ、特には」

「そうですか」

高槻はまたにっこりと笑う。

今回ははしゃぐことはないだろうと言っていた割に、随分と楽しそうだ。尚哉は止めたものかどうしようかと少し悩んだ。いつもの大型犬モードよりはまだ大人しい感じだから、もうしばらく放っておいても平気だろうか。

「『絵本百物語』の方では、『二口女《ふたくちおんな》』の項目が人面瘡の話になっている。もっとも、こちらでは『人面瘡』じゃなく『人面疔《にんめんちょう》』という言葉が使われているんだけどね。二口女というのは頭の後ろにもう一つ口がある妖怪《ようかい》なんだけど、この本の中では、後頭部に人面疔ができたものだということになっていて、病気の扱いなんだ。例話として、継子《ままこ》に食事を与えずに死なせた女の後頭部に口ができたという話と、父と諍《いさか》いをしたときに躓《つまず》いてできた傷が人面疔になったという話が載っていて、自らの悪心により引き起こすものだとされている。無慈悲でよこしまな考えを持ち、我儘《わがまま》で恥知らずな者に見られる病だとね。……未華子さんが、親御さんや医者に知られたくないと言ったのは、もしやこのせいでしょうか？」

高槻の言葉に、未華子は肩をすぼめるようにして、こくりとうなずいた。

優斗がその肩に手を置き、怒ったように高槻を睨《にら》む。

「ちょっと待て、彼女がそういう女性だと思ってるのか？　だから、こんなものができたって？　そんなことあるわけないだろ！」

「勿論《もちろん》、人面瘡を悪行の報いによって起こる病としたのは、昔の人の考え方だ。現代人である僕らは、もっと違う解釈をすべきだよ」

真っ直ぐに優斗の目を見つめ返し、高槻が落ち着いた口調で言う。優斗が怯《ひる》んだように口をつぐむ。

高槻はちょっと肩をすくめてみせ、

「とはいえ、人面瘡については、江戸時代にすでに現実的な解釈がされている。菅茶山《かんちゃざん》が書いた『筆のすさび』という随筆集に、将軍家の侍医だった桂川甫賢《かつらがわほけん》が書いた人面瘡についての記事が引用されていてね。患部の傷口やくぼみや穴が、口や瞼や鼻に見えているだけだと、はっきり書かれてる。呼吸しているように見えるのも、患部がひくひく動いてるだけのことで、その形状から人面と名付けているだけだってね。——人間はもともと、人の顔に似た形に敏感なんだ。たとえば三つの丸が逆三角形に並んでいるだけで、それを人の顔のように認識する。あるいは、見た感じの印象が似ているというだけで全く別のものを連想し、その連想を脳の中で固定してしまうこともある。天井の染みやコンセントの差込口が人の顔にしか見えなくなったり、月にウサギがいるように見えたりするのは、こうした心理現象によるものだよ。単なる錯覚なんだ。大抵の心霊写真は、残念ながらこれらによって説明がついてしまう」

去年の講義で聞いた内容だ。

確かあれは人面犬や人面魚についての講義だったと思う。丸が三つの方はシミュラクラ現象、天井の染みが人の顔に見えるのはパレイドリア効果と言ったはずだ。

「人面瘡《じんめんそう》については、象皮病ではないかという解釈もある。フィラリアが寄生して起こる病気で、江戸時代に日本でも蔓延《まんえん》していたんだ。西郷隆盛《さいごうたかもり》がこれにかかっていたという話があるよね。象皮病になると皮膚が何倍にも厚く盛り上がり、象の皮膚のように硬くなる。でも、未華子さんのそれとは別物だろうね。症状が異なる」

　高槻は再び身を乗り出すようにして、未華子を見つめた。

「さて、未華子さん。僕は民俗学の専門家です。しかし、だからといって『伽婢子』に書かれているように、様々な薬を買い求めてきてあなたの肩の傷に押し込むというようなことをする気はありません。それが人面瘡への対処法として伝えられていることだとしても、そんなことであなたの肩のそれが治るとはとても思えない」

　先程まで困惑顔だった未華子は、いつの間にか顔を上げて高槻を見つめていた。その瞳《ひとみ》の中には、最初に高槻の顔を見たときに近い熱狂がぎらついているように見える。

　その瞳に宿る熱に、尚哉はなんとなくうすら寒いものを覚えた。

　この女性は――今、一体何を考えながら、高槻を見つめているのだろう。

　未華子が、かすかに震える声で高槻に尋ねた。

「それでは私は、一体どうすればいいんですか？」

「どうぞ病院へ行ってください」

　にこやかに笑ったまま、高槻が答える。

「皮膚科での治療をお勧めします。痕《あと》は残るかもしれませんが、ある程度の効果は期待できるのではないでしょうか」

すると未華子はゆるゆると首を横に振り、

「病院は嫌です。効果はありませんから」

「——ああ、それではやはり、あなたはすでに病院にかかっているんですね？」

高槻が言う。

え、という顔で、優斗が未華子を見た。優斗が聞いていた話では、未華子は病院へは行っていないことになっていたのだ。

「優斗の話では、あなたに人面瘡ができたのはつい数日前ということでした。……でも、違いますよね？ 先程触ったとき、あなたは、ほとんどの部位において痛くないと答えた。つい最近出血したという切り傷を除いてね。あなたの肩のそれは、もっと前からあったはずです」

「いいえ。つい最近です」

答えた未華子の声が歪《ゆが》み、尚哉は反射的に片手で耳を押さえた。

高槻がにっと唇の両端を持ち上げる。

「未華子さん。嘘はいけませんね」

「私は、嘘なんてついてません」

「あなたがそう言い張ったところで、嘘は嘘です。そして僕は、あなたがついた嘘そのものには興味がありません。あなたの肩のそれが怪談でよくあるようにお喋《しゃべ》りでもしたならともかく、そうでないならば、あなたの肩がどんな形状であろうと僕にはどうでもいいことですよ」

「おい……！」

高槻の言いようをあんまりだと思ったのか、優斗が声を荒げかける。

が、高槻は優斗にかまう様子もなく、未華子だけを見つめている。

「僕が興味を持っているのは、あなたがそんな嘘をついた理由、あるいは目的です。自分の肩に人面瘡ができたなんて突飛な話を作り上げてまで、あなたは一体何を求めていたのか」

未華子の目を見据えながら、高槻が言った。

「あなたの目的は——僕だったんですよね？」

優斗がびくりとして未華子を見る。

尚哉もまた未華子を見つめる。どうしてかひどく嫌な予感がする。

三人の視線をその身に受けて、未華子は背筋をのばして正座したまま——ゆっくりと、唇の両端を吊《つ》り上げた。

あでやかな笑みを浮かべて、未華子が口を開く。

「だって……ずっと、お会いしたかったんです」

色白な頬を朱に染め、瞳を潤ませながら。

官能的ともとれる声が、吐息と共に高槻を呼ぶ。

「天狗《てんぐ》様。あなたに……会いたかった」

――その瞬間、高槻はソファから立ち上がった。

顔にだけは笑みを浮かべたまま、未華子を見下ろして言い放つ。

「帰ります。そしてもう二度とお会いすることはありません」

「待ってください、天狗様！」

「行こう、深町くん」

高槻に促され、尚哉も立ち上がる。優斗は状況についていけていない顔で、高槻と未華子を見比べておろおろしている。

高槻と尚哉が玄関の方へ向かいかけたときだった。

「待ってください！」

後ろで、未華子が大きな声でそう叫んだ。

足を止めて振り返った高槻の顔が、さっと強張《こわば》る。

何事かと思って同じように振り返った尚哉は、そこに、大きな鳥籠《とりかご》を持って立つ未華子の姿を見た。

「天狗様。私、覚えています。子供の頃に天狗様と会ったときのこと」

寝室と思《おぼ》しき部屋の扉が、いつの間にか開け放たれていた。鳥籠はそこから持ってきたらしい。鳥籠の中には大型のインコと思われる赤い鳥がいた。急に移動させられて驚いたのか、大きな羽を忙《せわ》しなく羽ばたかせている。ばさばさという羽音が耳につく。

ぐらり、と高槻の体が揺れた。尚哉は慌てて横から支える。

意識を失うまではいっていないが、高槻の顔は蒼白《そうはく》になっていた。優斗が驚いて立ち上がる。高槻は片手で額を押さえながら、苦しげに顔を歪めて未華子を見やる。

「未華子さん。あなたは、一体……」

「天狗様。今でもあなたは、鳥が怖いんですね。あなたはやっぱり、あのときと何も変わらない」

歌うように未華子が言う。その手に抱えられた籠の中で、ばさばさとインコが羽ばたきを繰り返す。尚哉が支えた高槻の体が大きく戦慄《わなな》く。

「あなたのその恐怖は、どこから来るのでしょうね？　何でもおわかりになるあなたにも、それだけはわからないままなのかしら」

未華子が笑って、鳥籠をこちらに差し出した。

「天狗様。おばさまは、今でも天狗様を待っていらっしゃるわ。一緒に戻りましょうよ、あの庭のお茶会へ――……ねえ、天狗様」

未華子の甘い囁《ささや》きに、鳥の羽ばたきが重なる。

がくり、と高槻の膝《ひざ》が崩れた。

「先生！」

「……アキくん！」

駆け寄ってきた優斗が反対側から高槻を支えた。

力の抜けた高槻の体を二人がかりで抱えながら、尚哉は未華子を見た。

未華子は鳥籠を持ったまま、くすくすと小さく笑っていた。カーディガンの肩がずり落ち、人の顔の形をした奇怪なできものが覗《のぞ》いている。どこかにぶつけでもしたのか、口の位置にあたる傷が再びぱっくりと開いていた。赤く裂けたその傷は、まるで血を吐きながらこちらを呪詛《じゅそ》する口のようで、錯覚だとわかっていても背筋が冷たくなる。

やっぱり高槻をここに連れてきてはいけなかったのだ。


そのまま逃げるように未華子の部屋を後にして、優斗と二人で高槻を車に運び込んだ。

幸いなことに、高槻は完全に意識を失ったわけではないようだった。だが、具合は相当悪そうだ。ぐったりと窓にもたれかかるようにして浅い呼吸を繰り返している高槻を見て、優斗は自分も顔色を青くしながら言った。

「大丈夫なのか？　病院とか行った方がいいんじゃないのか」

「……軽い貧血みたいなものだから、休めば治るよ」

弱々しく笑って、高槻がそう返す。

「ごめん、優斗……あまり役に立てなかったのに、迷惑かけて」

「——謝るのは、こっちの方だ」

ぼそりと、優斗がそう言った。

「巻き込んで悪かった。……まさかこんなことになるなんて」

その声には、行きの車の中で感じたような険はもうなかった。

運転席に座った優斗に、尚哉は言った。

「すみません、できれば先生の家まで車で送ってもらえると助かるんですけど」

「ああ、勿論《もちろん》」

優斗が即答して、車を出そうとする。

が、ハンドルを握りしめたところで振り返り、

「……今、どこに住んでるんだ？」

なんだかばつの悪そうな顔で、ぼそりとそう尋ねてくる。

尚哉が住所を伝えると、優斗は無言でうなずいて、車を発進させた。

未華子のマンションが後ろに遠ざかっていく。その窓から未華子がこちらを見下ろしているような気がして、尚哉は早く車が角を曲がってしまえばいいのにと思う。くすくすという笑い声と鳥の羽音が鼓膜に張りついて残っているようで、気持ちが悪い。天狗様、と高槻を呼ぶ声の甘さが、まるで毒みたいだった。

何だったのだろう。あの女性は、一体何がしたくてあんなことを。

「……ねえ、優斗」

高槻がまた口を開いた。

「未華子さんは、うちの母と今でも会う機会があるの？」

さっき、未華子は「おばさまは、今でも天狗様を待っている」と言った。

おばさまというのは——高槻の母のことだろう。

「わからない。鷹村家との直接の付き合いは、仕事上、たぶんそっちの家よりもうちの家の方が多いはずだけど……ないとは言い切れないな」

　優斗が答える。

　高槻は額に手を当てるようにしてゆっくりと息を吐き出し、バックミラー越しに優斗の目を見た。

「うちの母は、今どんな感じなの？……一時期は、外には出せない状態だったはずだ」

「だいぶ前に回復したよ。それなりに外との付き合いもしているんじゃないかな。親族の集まりのときには俺も顔を合わせてるし――見た感じ、おかしなところはない」

「そう。……なら、いいけど」

　高槻が、吐き出す息に混ぜ込むようにして、小さな声でそう言う。

　高槻の母の精神は、かつて決定的に壊れてしまったことがあると聞いている。

『天狗の子』という妄想は、息子を愛するがゆえのものだった。息子の過去の空白について説明をつける、彼女にとって唯一都合の良かった解釈。

　でもそれは、息子である高槻を追い詰める結果となった。

　過去の空白に誰より苦しんでいたのは高槻自身だったのだから。

　彼女が自分を『天狗の子』と呼び、生き神として称《たた》える度、高槻はどんどんわからなくなっていったのだという。自分が人なのか、神なのか、それとも翼を切られた化け物なのか。

だからあるとき、高槻は彼女に言った。

――「もうやめます」と。

彼女の望むようにはもう振舞えない、自分は『天狗の子』ではない、と。

しかしそれは、彼女のファンタジーを真っ向から否定する行為だ。

すでに弱り切っていた彼女の神経は、それを息子からの拒絶と捉《とら》えた。

彼女はそれに耐えられなかった。

そうして彼女は――目の前にいる息子の存在自体を、否定するようになった。

彼女の愛する息子が、彼女を拒絶するわけがなかったから。

目の前にいる『これ』は自分の息子ではありえないと――そう、思ってしまった。

高槻の母は新たなファンタジーを見つけ、そしてその中に閉じこもったのだ。

自分の息子はまだ戻ってきていない、というファンタジー。

やがて彼女は、目の前にいる高槻のことを認識すらしなくなった。話しかけても答えず、触れても反応せず、見えてすらいないかのように――いや、本当に見えなくなってしまったのだ、彼女には。高槻のことが。

見かねた高槻の父は、高槻を渉のもとへ送った。以来、高槻は、実の母と一度も会っていないらしい。

尚哉は高槻を見た。高槻はシートに全身を預けるようにして、目を閉じている。さっきよりも呼吸はまともになってきているようだが、まだ少し顔は青い。

「先生、大丈夫ですか？車に酔ったりとか、してないですか」

「大丈夫だよ。もう、だいぶ楽になってきた」

高槻が目を開け、こちらを向いて小さく笑う。

「だから深町くんは、今日のことを健ちゃんに報告しようとか考えないように」

「な、何ですか、人をスパイみたいに」

「最近、深町くんと健ちゃんは、僕に対して過保護同盟を組んでる気がするんだよね」

「安心してください、そんな同盟存在しないですから」

尚哉は高槻に向かってそう言った。が、高槻は信用できないとでもいうように、横目でじろじろと尚哉の顔を見る。尚哉は必死に真顔を通す。

別に嘘はついていないのだ。そんな同盟を組んだ覚えはない。……ただ、普段高槻の身近にいる人間として、保護者との情報共有はある程度必要だと思っているだけで。

と、運転しながら、優斗がまた口を開いた。

「——あのさ。未華子さんの、ことだけど」

高槻と尚哉が優斗の方を見ると、優斗は前を向いたまま、言葉を続けた。

「その……誤解を、しないでほしいんだ。彼女は、普段はあんな人では全くないんだ。本当に優しくて聡明《そうめい》な人で……あんな鳥だって、飼ってなかった。様子がおかしくなったのは、やっぱりあのおかしな肩のできもののせいじゃないかと思う」

「でも、肩のあれは、前からあったはずだよ」

高槻が言う。

「優斗は彼女としばらく会ってなかったって言ってたけど、あれは、ここ一か月とかでできたものじゃない。もっと古いものだ。……優斗は、知らなかったの？」

「それは……その、今までは、そんな話も聞いてなかったし」

妙に歯切れの悪い口調になって、優斗が口ごもる。

高槻が首をかしげ、

「え、もしかして、今回の件があるまで、未華子さんの肩を見たことなかった？」

「あの、だから……その、機会ってものが、なくて」

高槻の問いに、優斗はますます口ごもる。高槻はきょとんとした顔で優斗を見やる。結婚を前提に交際どころか、すでに婚約している身だ。相手の肩を見たことがないなんてことがあるだろうかと、尚哉も思う。

「えっと……優斗、未華子さんといつ婚約したんだっけ？」

「……七月」

「……優斗、意外と奥手なんだね」

「っ……だから！　お互い忙しくて、まだそんなに会えてるわけじゃなくて！　デートも、まだ数回しか！」

「優斗、前見て前！　運転中！　危ないから！」

真っ赤になった優斗がこちらを振り返り、高槻が慌てて叫ぶ。

優斗はすぐに前に向き直ったが、耳まで赤くなっているのが後ろからでも丸わかりで、尚哉は高槻と顔を見合わせて、思わず吹き出しそうになった。最初は嫌な人だと思っていたが、案外可愛らしい人だったらしい。

マンションに着く頃には、高槻の顔色はだいぶ回復していた。車から降り立ったその脚も、もうふらつくことはないようだった。

優斗は自分も車を降り、あらためて高槻に向かって詫《わ》びた。

「今回は本当に、すまなかった。……未華子さんとは、落ち着いた頃に会って話をするつもりだ。いつもはあんな人じゃないんだよ、本当に。きっと何かあったんだと思う。きちんと話を聞いて、あの肩のものについてはどこか良い病院を探してみるよ」

「うん、そうだね。それがいいと思う」

高槻はそう言って、うなずいた。

それから、あらためて優斗を見つめて、にこりと笑う。

優斗が少し顎《あご》を引くようにして、高槻を見返した。

「な、何だよ」

「いや、優斗は未華子さんのことが、本当に好きなんだなと思って」

「……悪いか」

「悪くないよ。ただ僕は、最初に優斗が僕のところに相談に来たときは、婚約した責任があるからとか、会社のためとか、そういう理由からかと思ってたから。……家同士が決めた政略結婚だと思ってたけど、意外と初恋の人だったりした？」

「は、初恋じゃない！」

優斗がまた真っ赤になって言う。

高槻がちらと尚哉の方に視線を寄越す。尚哉は嘘じゃないですと首を振る。優斗の声に歪《ゆが》みはない。そっか、と少しつまらなそうに肩をすくめる辺り、高槻も性格が悪い。

「……そりゃ、子供の頃から、顔くらいは知ってたけど。別に初恋じゃないし、まともに会話したのは見合いの席が初めてだ」

視線を他所《よそ》に逃がしながら、ぼそぼそと優斗が言う。

「でも、見合いのときに……ほら、よくあるだろ、『あとは若い人だけで話でも』みたいなそういう時間が。ホテルの庭を二人だけで散歩して、そのときに……彼女が、他の奴らの視界から外れた途端に、急に大きくのびをして言ったんだよ。『実は白和えが苦手なんですよね』って」

「白和え？」

急に話が飛んだ気がして、高槻も尚哉もまばたきして優斗を見る。

優斗はまだ顔を赤くしたまま、ぼそぼそと話を続ける。

「見合いの席で出た会席料理に、白和えがあったんだよ。食事のときは、彼女はどれもおいしそうに食べてたし、何も残さなかった」

だが、優斗と二人きりのその庭で、未華子は苦笑しながら言ったのだという。

『お見合いの席だから、おいしく食べてるふりをしました。私は、適宜そういう嘘を上手につけるように仕込まれて育ってます。だから、あなたのことも、好きなふりをすることはできると思います』

いきなりそんなことを言われて、優斗はかなり面食らったらしい。

でも、未華子はそれに続けて、こう言ったのだ。

『でも、結婚相手に対して一生嘘をつき続けるのは、やっぱりしんどいと思う。好きなふりじゃなくて、できれば好きになりたいの。――だから、もっとフランクな会話をしてみない？ まずは、この庭の池を一周する間だけでも。その間に、お互いにああ好きだなって思えるところが一つでも見つかったら、私達、ちょっとは幸せになれるかも』

優斗はしばらく言葉が出なくて、ぽかんとしたまま未華子を見つめていたらしい。

これは、断るという選択肢が最初から用意されていない見合いだった。

見合いの席でも、とりあえず顔くらいは知ってる相手でよかったなとか、そんな程度のことを考えていただけだった。

『ねえ。私の話、聞こえてます？』

『……う、梅和え』

目の前でひらひらと手を振られてはっと我に返った優斗は、慌てて口を開き、

『梅和え？』

『いや、あの、だから……自分は、梅干しが、苦手です。だから、梅和えは、あまり』

もっと気の利いた会話をするべきだったと優斗が気づいたのは、その直後だ。

別に嫌いな食べ物を言い合う場ではないはずなのに、向こうが白和えが苦手だと言ったものだから、ついそれに引きずられてしまった。

目を丸くして自分を見る未華子に、優斗はおたおたと首と両手を振り、

『いやっ、だからそのっ、つまり！』

すると未華子は、体を二つに折って大笑いし始めた。

しまいには涙まで流して笑う未華子に、優斗はなす術《すべ》もなく、ああ終わったなと思ったのだという。好きだな、ではなく、馬鹿だな、と思われたに違いないと。

けれど未華子は、目尻《めじり》に浮かんだ涙を指先でぬぐい、

『ついさっきまでは、なんだか堅苦しくて真面目なつまらない人だなあって思ってたけど……意外と可愛いところがあるのね』

『か、可愛いって、自分は！　お、男ですが！』

『だって、顔、真っ赤。……可愛い』

そう言って、優斗の顔を指差して笑った未華子の顔は明るくて、なんだかとても可愛らしくて――ああ好きだなと、優斗はそのとき初めて思ったのだという。

「――そんな感じだったから、お互いちょっとずつ、好きになっていけばいいだろうという話をしていたんだ。とりあえず婚約さえしてしまえば、結婚は先でもかまわない。

親からはそう言われていたから、無理をすることなく、会えるときに会って、相手のことを徐々に知って、好きを積み重ねながら、関係を作っていけたらって……」

優斗はため息を吐いて、そう言った。

ここ最近の未華子の様子に、優斗は本当に戸惑っているのだろう。確かに、今聞いた話だけでも、先程会った未華子とは随分と印象が違う気がする。

「未華子さんが何で今更『天狗《てんぐ》様』のことを思い出したのかはわからないんだけど……でも、おかしなことが起きたときに、天狗様なら助けてくれるかもって思う気持ちは、ちょっと俺にもわからなくはないんだ」

優斗はそう言って、高槻を見た。

「俺も、『天狗様』のお茶会には何度か連れて行かれた。あのときのア……あんたはさ、子供の俺から見ても、なんだか神々しく思えたんだよ。誰が何を相談しても、すぐに答えを返してやってて——きっと知らないことなんて何一つないんだって感じがして」

「……そういうふりを、していただけだよ」

高槻が苦く笑って言う。

「僕は天狗の子じゃない。誰も彼も助けられる力なんて、ないんだよ。本当はね」

「ああ、わかってる。……未華子さんにも、そう話すつもりだ」

「うん、そうしてくれると嬉《うれ》しい。——あ、ねえ、優斗」

そのとき、ふと思いついたという顔で、高槻が言った。

優斗の方へ手を差し出し、

「未華子さんとは、何回かデートしてるんだよね。写真、見せてよ。デートの」

「な、何でそんなもの見せないといけないんだ！」

「ちょっとずつ未華子さんとの仲を深めていってる優斗を見てみたいんだよ、従兄《いとこ》としてね。別に減るもんじゃないんだから、いいでしょ？」

にこにこしながら高槻はそう言って、渋る優斗からスマホを奪取した。一緒に見ようよと言われて、尚哉も横から覗《のぞ》き込む。

写真アプリには、未華子との写真が何枚も保存されていた。まだデートは数回しかしてないと言っていた通り、数日分しかないが、それでもだんだん二人の距離が縮まってきているのは表情からわかる。

「あ、ディズニーランド行ったんだ。優斗、ミッキーの耳似合ってるねえ」

「そ、それは！　未華子さんが、どうしても付けろと！」

高槻は微笑ましげに写真を次々先へ送っていく。どこの従兄もこんな感じなのかなと、尚哉はなんとなくカズ兄を思い出しながら思う。和也《かずや》も絶対、尚哉に彼女ができたら高槻と同じようなことを言い出す気がする。

そのときだった。

ふいに高槻が、はっとしたように後ろを振り返った。

つられて尚哉も振り返り——そこに、二度と見たくなかった顔を見つけた。

「こんばんは、彰良さん。お元気でいらっしゃいましたか？」

姿勢正しい立ち姿。ぴっちりとなでつけた真っ黒な髪と、夜闇に溶け込みそうなダークスーツ。形だけ顔に張りついた、薄っぺらな笑み。

高槻の父親の秘書の、黒木《くろき》だ。高槻の監視役。

「今日は何の御用ですか？」

優斗にスマホを返しながら、高槻が低い声で黒木に尋ねた。

「いえ、近くに用事があったもので、様子を見に伺っただけですよ。――それより」

こちらに歩み寄ってきながら、黒木が優斗に目を向ける。これといった特徴のない薄い顔立ちの中で、目つきだけが妙に鋭い。

「これはこれは、優斗さん。一体どうしてここに？」

「……っ」

優斗が、あからさまに顔を引き攣《つ》らせた。

黒木は仮面のような笑みを浮かべたまま、

「従兄弟《いとこ》同士の交流にケチをつける気はありませんがね。……あまり感心しませんねえ、こういうのは。御父上は、このことはご存じで？」

まるで高槻と会っていることを非難するような口調だった。

「ち、父は関係ありません！」

優斗が言う。声が少し上擦っている。黒木のことが苦手らしい。

黒木は、そうですかとでも言うようにわずかにうなずき、

「彰良さんは、高槻家の方々とはもう交流を絶たれている方です。今更あなたが会う必要などありませんよ。——今日は早く帰った方がよろしいのでは？　明日《あした》は取引先の方とゴルフの約束があるでしょう」

暗に帰れと促されて、優斗が高槻と黒木を見比べる。

高槻は優斗に向かってにこりと笑いかけ、

「おやすみ、優斗。未華子さんとお幸せに」

「……ああ。今日は、助かった」

そう言って、優斗は黒木から逃げるように車に乗り込んだ。

去っていく車を見送りながら、高槻が黒木に向かって言う。

「黒木さん。様子を見に来ただけなら、もう帰ってくれませんかね。この通り、特に変わりはありませんよ」

「優斗さんとは何の御用で会っていたんですか？　彰良さん」

高槻と並んで優斗の車を見送りながら、黒木が尋ねる。

「黒木さんが気にする必要のない話です。個人的な相談を受けていただけですよ、仕事の話ではありません」

「おや。もしや普段から頻繁に優斗さんと会っていらっしゃる？」

「いいえ。およそ二十年ぶりの再会です。心配しなくても、高槻の家の者とは、普段連

絡を全く取っていませんよ」

「そうですか、それは何よりです。こちらとしても、あの父親似の凡庸が今更あなたに何の用があるのかと、少々驚いただけですから」

言葉の中にさらりと混ざる毒気に、尚哉は思わずびくりとして黒木を見た。

高槻が、無言で黒木を睨《にら》み据える。

黒木は、高槻に睨まれたところで毛ほども感じないという顔で、

「優斗さんはねえ、あの人の父親もそうですが、どうもいけません。いずれはグループの社長候補に、という声もありますが、残念ながら能力にもカリスマ性にも欠ける。血筋だけでは会社は回らないという典型です。――彰良さん、あなたの方が余程優秀でしょうに、本当に惜しいことですよ。もしあなたが彼と同じ立場に今いるのなら、彼の婚約者はあなたの婚約者になっていたかもしれません」

「……用がないなら、お帰りください。あなたと話していると、気分が悪くなる」

嫌悪感もあらわに、高槻がそう言った。

高槻がこういう態度をとる相手を、尚哉は黒木以外に知らない。当然だと、尚哉も思う。高槻の父親の気が知れない。なぜこんな悪意の塊のような男を、高槻の監視役につけているのだろう。黒木が何か口を開く度に、どす黒い刃が高槻に向かって振るわれているような気がしてならない。最初に会ったときから、この男はこうだった。きっとこれまでもこれからも、ずっとこうなのだと思う。せめて早く帰ってほしい。

「ああ、そういえば一つだけ用件がありました」

黒木がそう言って、持っていた鞄《かばん》から何かを取り出した。

高槻に向かって差し出されたそれは、何かのチラシらしき紙を挟み込んだクリアファイルだった。

「こちら、写真展のお知らせです。会期は明日から一週間、初台《はつだい》で行われます」

チラシを受け取った高槻の頰が、強張《こわば》った。

海外のバレエ団に密着して撮影していた写真家の展覧会らしい。まるで宮殿のような立派な建物と、白い衣装を身にまとったバレリーナの写真が、大きく印刷されている。

その中に『高槻』という文字を見つけて、尚哉ははっと息を呑《の》んだ。

思わずチラシの文章に目を凝らす。トークショーのお知らせだ。

――『当写真展を記念して、伝説的プリマ高槻清花《さやか》とのトークショーを開催予定』。

それは、高槻の母親の名前ではなかったか。

高槻が低い声で言う。

「この写真展が何か？　僕はバレエには興味がありませんよ」

「存じております。念のためのお知らせですとも。――トークショー当日は勿論《もちろん》ですが、会期中は会場付近に近づかないように」

黒木が言った。

「無用な騒ぎを避けるためです。ご理解いただけますね？」

「……言われなくても」

ふっと小さく笑って、高槻が答える。

——我慢にも限界というものがあったし、そんな笑い方をする高槻など見たくはなかった。

気づいたら尚哉は、高槻と黒木の間に割って入るように、前に出ていた。

「あの、いい加減にしてください」

ちょっと深町くん、と後ろで高槻がぎょっとしたような声を出す。うるさい黙ってろ、と尚哉は振り返らないまま胸の中で言い返す。何かある度とりあえず笑えばいいと思ってるなら今すぐ改めろと叱りつけたかったし、そんな卑屈な笑い方をするくらいならいっそ泣けばいいのにと思っていた。

黒木は、目の前に立たれて初めて尚哉の存在に気づいたとでもいうような顔をした。

「……ああ。君は確か、前に彰良さんの家にいた学生さんですか」

「さっさと帰ってください」

尚哉は黒木を睨みつけて、そう言った。

黒木はおやおやというように目を瞠《みは》り、

「大人の話に学生が口出しするものではないと思いますよ」

「何が大人の話ですか、あんたは先生を傷つけたいだけでしょう」

唸《うな》るような声で尚哉が言うと、黒木は少し笑った。

「私なりの気遣いのつもりなんですがね。彰良さんのことが心配なんですよ」

その声に混じる歪《ゆが》みに、尚哉は顔をしかめる。この嘘つき、と思う。

高槻のことを気遣ってなんていないくせに。心配なんてしてないくせに。

「気遣いってのは、相手のことを、ちょっとでも、大事に思ってる人がすることです。……あんたは、先生のことなんて何とも思ってないじゃないですか」

「そんなことはありませんよ。社長の息子さんですからね」

黒木が目を細めて言う。

「社長の邪魔にならないように、騒ぎを起こさないように、どうか息をひそめて、会社にも高槻のお家にも関わらぬように生きていっていただきたい。……私は、そう願っているだけですよ」

それはまぎれもなく黒木の本音だった。ひとかけらの嘘も誇張もそこにはなかった。

はっきりと、尚哉にはそれがわかってしまった。

——誰かをぶん殴ってやりたいと、本気でそう思ったのはいつ以来だろう。

思うよりも先に体が動いていた。

踏み込んだ足も、振りかぶった腕も、握りしめた拳《こぶし》も、何の意識もせずにそうなっていた。自分の中にこんな凶暴な気持ちがあるなんて知らなかった。ただ相手の顔をへしゃげるまで叩《たた》きのめしたい、それだけだった。

黒木が驚いたような顔をする。ふっと後ろに下がった相手の頭を追うように、尚哉はさらに踏み込む。

だが、そこで後ろからがっちりと、尚哉の体を押さえつけた腕があった。

高槻だった。

尚哉を羽交い絞めにして、ぎりぎりと容赦なく力を込める。こうなると、体格差とそもそもの腕力差で尚哉にはもうどうにもならない。何で、と上げかけた叫びは不格好なうめきにしかならず、それでも尚哉は往生際悪くじたばたと暴れる。

「おやすみなさい、黒木さん。できればあなたの顔は当分見たくありませんね」

尚哉を押さえ込んだまま、高槻が黒木に向かって言った。

黒木は驚いた顔のまま、しばらく尚哉と高槻を見つめ——そして、はははっと声を出して笑った。

「……おやすみなさい、彰良さん。可愛らしい番犬を飼っていらっしゃることで」

まだ笑いながら、黒木が踵《きびす》を返す。

その後ろ姿が角を曲がって見えなくなっても、高槻は尚哉を放そうとはしなかった。まだ追いかけていって黒木をぶん殴るとでも思っているのかもしれない。その腕の中で子供のように暴れながら尚哉はわめく。

「……っ何で！　何で止めたんですか⁉」

「何でってそれは、君を傷害事件の現行犯にするわけにはいかないからだよ」

「何で言われっぱなしになってるんですか、先生が悪いことなんて一つもないのに！」

「……それは、そう断言できるだけの根拠を、僕自身が持っていないからだ」

尚哉の耳の後ろで、高槻がぼそりと言う。

その声の重さに、尚哉は思わず息を止める。

「あのね、深町くん。僕が失踪した経緯は、いまだにわからないままなんだよ。何者かが僕をさらったとしても、そこに僕自身の意志や過失が介在しなかったとは限らない。それに——母を壊したのが僕なのは間違いない。僕の家を壊したのは、僕だよ」

尚哉の体を抱え込んだまま、高槻はそう言った。

だから言い返さなかったのかと、尚哉は思う。あまりにも高槻らしくないあの態度は、そんな負い目があるからなのか。この人は、ずっとそんなことを思いながら生きてきたのか。

でも、だけど、そんなのは——そんなのはおかしい。だって。

「そんなの、先生のせいじゃない！」

「だから、わからないんだよ。そんなことは」

「違うっ！……絶対、絶対違う！」

喉の奥に込み上げた熱をそのまま吐き出すように、尚哉は叫ぶ。

ふいに、高槻の腕が緩んだ。

尚哉はすぐさまその腕を振りほどき、その頬をいっそ張り飛ばしてやりたい気分で高槻を振り返った。

そして尚哉は——そこに、あまり見たことのない、高槻の笑みを見た。

引き結ばれたまま少し端の下がった唇はまるで何かをこらえているかのようだったけれど、優しく細められた目だけは温かい光を浮かべていて……それは困ったような苦笑いにも見えたし、ちょっとだけ、泣くのをこらえている顔にも似て見えて。

「……あーあ。まったくもう、君って子はさ。困ったもんだよ」

突然高槻が手をのばし、尚哉の頭に手を置いた。

そのままぐしゃぐしゃと、乱暴に髪をかき回すようにして、尚哉の頭をなでる。

「ちょ、ちょっとっ、何するんですか、そーゆーのやめてくださいって本当に！」

「我慢してよ。ちょっと今、こうしたい気分なんだ」

「気分って……っ」

頭を押さえつけられているせいで、高槻の顔がろくに見えない。逃げようとした尚哉をさらに押さえ込むようにして、高槻はしつこくしつこく尚哉の頭をなで続ける。それこそ犬の頭でもなでるみたいに、わしゃわしゃと。

そういえば黒木に、番犬、と言われたなと思う。

犬なのは高槻だけで十分だと思うのだけれど。

「……君はさ。変わったよね、長野から戻って以来」

高槻が言うのが聞こえる。

「君をそんな風に変えた出来事を忘れてしまったことが——……やっぱり僕は、とても悔しいよ」

そう言って、高槻は最後にもう一度だけ、わしゃりと尚哉の頭をなでた。


その次の日は土曜日で、尚哉は昼前に、新宿に向かった。

映画を観るつもりだった。

けれど、よく行く東南口近くのミニシアター前まで来たところで、次の上映時間までまだ随分と時間があることに気づいた。あらかじめ調べずに来た自分が悪いなと思って、そのまま紀伊國屋《きのくにや》書店まで歩く。しばらくぶらぶらと書店の中を見て回り、文庫本を二冊買って、地下のカレー屋で昼食をとる。

それからまた地上に戻って、雑踏の中を歩き——ミニシアターの前を素通りして、東南口の階段を上がり、甲州《こうしゅう》街道沿いの道に出た。

本を買ったらなんだか満足してしまって、映画を観る気がなくなったのだ。

そう自分に言い訳しながら、尚哉は歩き続ける。軽い散歩のつもりで、甲州街道沿いに都庁方面へ足を進める。さっき食べたカレーが少し胃に重い気がするから、ちょっと歩きたい気分になっただけ。それだけだ。

そうやって新宿駅前から二十分も歩けば、そこはもう初台だ。

その頃にはもうありとあらゆる言い訳が尽きてしまったのが自分でわかって、尚哉は前方にそびえ立つ大型複合施設を睨《にら》むように見やった。東京オペラシティ、という建物らしい。劇場やコンサートホールなどの文化施設とレストラン、オフィスなどが入っているという。

その三階にあるギャラリーで、例の写真展が行われている。

高槻の母が出るトークショーは、今日の二時からだ。

何でわざわざ来てしまったのか、自分でもよくわからなかった。

高槻のプライバシーに踏み込みすぎている自覚はあった。自分が知る必要はないことなのだということはわかっているし、高槻がこれを知ったらたぶん良い顔はしない。

ただ、高槻の母の顔というものを、一度見てみたくなったのだ。

これまで様々な人から彼女についての話を聞いてきた。人づてに聞く彼女は、悲劇のヒロインのようにも思えたし、ひどく自分勝手な人だとも感じられた。一度は決定的に壊れてしまったという話だったが、こうしてトークショーに出られるくらいだ。優斗の言う通り、回復したのだろう。

その彼女が今どんな顔をしているのか見てみたいと——そう、思ってしまったのだ。

だが、いざギャラリーの入口まで来たところで、尚哉はどうしようもなく尻込《しりご》みしたい気分になった。やっぱりこういうことはするべきじゃないんじゃないかと思う。自分がものすごく下世話な興味で動いているようで嫌になる。

入口には花が飾られ、トークショーについての小さな看板が出ていた。ギャラリーの中からは、マイクを使った話し声が聞こえてくる。時計を見ると、二時を少し過ぎていた。もう始まっているらしい。あの中で、高槻の母が、今まさに話しているのだ。そう思ったら、ますます怖気《おじけ》づいた。

それに、黒木に出くわしたらどうしようとも思う。まさかいないとは思うが、可能性はゼロではない。尚哉がこんなところをうろついているのを見つけたら、あの男は昨日の今日であろうとも高槻のところに出向き、嫌味の一つも言うかもしれない。

駄目だ。やっぱり帰ろう。

そう思って踵を返そうとした尚哉の肩を、そのとき誰かが後ろからがっしとつかんだ。

え、と思って首を巡らせる。

「——あっれえ、奇遇じゃん！　つーかボウヤ、ひさしぶりぃ」

馴《な》れ馴れしくそう言って煙草臭い息を吹きかけてきたのは、無精髭《ぶしょうひげ》を生やした痩《や》せぎすの男だった。誰だこいつ、と一瞬思ったが、くしゃくしゃとした癖毛と胡《う》散《さん》臭《くさ》いサングラスには見覚えがあった。

飯沼《いいぬま》だ。フリージャーナリスト、と本人は名乗っているようだが、要はゴシップ誌に芸能人の浮気だ何だと下卑た記事を書いている記者だ。最初に関わり合いになったのも、高槻が女優からの調査依頼を受けたときだった。

最後に会ったのは、山梨に旅行に行ったときだ。滝から落ちた高槻を助けて寒中水泳した結果、ひどい風邪を引いて、佐々倉が病院に連れて行った。

「……生きてたんですね」

「第一声がそれかよ、冷てえなあ！　はーい生きてましたよー、ちょーっと肺炎で入院したけどねー！　つーかキミ達冷たくない？　俺があのとき肺炎になったのって、高槻先生を助けたからだぜ？　言うなれば命の恩人よ？　普通はでっかいフルーツ籠《かご》持ってお見舞いに来て、その節はありがとうございましたーって頭下げるべきだろ？　それをキミ達ときたら、俺を置いてさっさと東京に帰りやがってよ！」

　相変わらず、軽薄な口調でよく喋《しゃべ》る男だ。尚哉は飯沼の手を払いのけ、

「確かにあのとき先生のことは助けてもらいましたけど、そのまま先生ごと溺《おぼ》れそうになったあんたを助けたのは佐々倉さんですよね」

「いやいや、真っ先に飛び込んだ俺がまずすくい上げなかったら、あの先生死んでたと思うね！――いやまあ、そんなこたぁもうどーだっていいんだけどよ。なにボウヤ、この写真展、見に来たわけ？」

　ぐいと尚哉の方に顔を寄せ、飯沼がにやりと笑う。

　尚哉は飯沼を睨んだ。

「あんたこそ、まだ先生のこと調べてるんですか？」

　飯沼が高槻の周りをうろつくようになったのは、そもそもは、高槻と女優が一緒に写っているゴシップ写真を、高槻の父が雑誌社に圧力をかけて握りつぶしたせいだ。

　そこから逆恨みのように高槻のことを調べ始め、飯沼は例の神隠し事件の真相を記事にしたいとあれこれ嗅《か》ぎ回っていたようだった。近頃見かけなくなっていたのでとっく

に諦《あきら》めたのだと思っていたが、違うのか。

飯沼は肩をすくめてみせ、

「俺だって暇じゃねーもん。そればっか調べてるわけじゃねーよ。けどまあ、記者の勘として、あの先生には何かありそうだとは思ってる。情報収集は怠るつもりはねえさ。――ボウヤ、写真展見るなら、俺、タダ券持ってるぜ。コネでもらったんだ、やるよ」

「いりません。もう帰るところですから」

「まーまーそう言わずに、仲良くしようぜー」

「ちょ、ちょっと！」

飯沼が尚哉の肩を強引に抱き、そのまま入口に向かって突進した。受付の係員にチケットを見せびらかすように振ってみせ、尚哉をギャラリーの中へ引きずり込む。

ギャラリーの中は幾枚ものパネルで迷路のように区切られていた。客の姿はあまり見当たらない。トークショーが始まっているせいかもしれない。大きく引きのばされた写真の中で、海外のバレエダンサー達が様々なポーズをとっている。しなやかにのびた腕、柔らかく反った背中、信じられないほど高く上がった脚。高く宙を舞ったその体に浮かび上がった筋肉が、白黒の写真の中でくっきりとした陰影を刻んでいる。バレエのことはよく知らないが、とても自分と同じ人類とは思えなかった。もっと自由で獰猛《どうもう》な獣でも見ているような気分になる。

「さーて、トークショーはどこでやってんのかなー。清花ママはどこかなー？」

飯沼は、展示された写真にはろくに目も向けずに、奥へ奥へと突き進んでいく。

それに引きずられながら、尚哉はだんだん近づいてくるマイクの声に身を強張《こわば》らせた。

パネルの向こうから聞こえる、落ち着いた響きの男性の声。それに答える、柔らかく澄んだ女性の声。

「ええ、そうですね、私が踊っていたのはもうだいぶ昔の話にはなりますが――」

嫌だ。やっぱりやめよう。今すぐ帰ろう。

そう思うのに、飯沼はますます強く尚哉の肩をつかんで、前へ前へと足を進める。

やがてパネルが唐突に途切れ、視界が開けた。トークショーの会場に着いたのだ。

「――ほーら、ボウヤ。あれが先生のママだよ」

飯沼が耳元で囁《ささや》く。

一瞬、息が止まった。

そんなに大きなスペースではない。並べられた客用の椅子も、二十脚にも満たないだろう。だが、数人の立ち見が出ている。飯沼はその立ち見客にまぎれるように、尚哉ごと会場の中に足を踏み入れる。客席の前、二人の登壇者がそれぞれ椅子に腰掛けて話しているのを、尚哉はぼうっと眺めやる。

一人は写真家だろう。五十がらみのがっしりした男性で、Tシャツにデニムというラフな格好だった。

そしてもう一人は――柔らかそうな茶色い髪を肩に下ろした、とても美しい女性だった。手脚の長いほっそりした体を、上品なベージュのワンピースで包んでいる。写真家が何か話しかける度、細い手を口元にやって小さく笑ったり、透き通るような声で答えたりしている。

あれが、高槻清花。

「つーか若いよな……もう六十超えてるはずだぜ、生娘の生き血でも啜《すす》ってんのかよ」

飯沼が呟《つぶや》く。

高槻の母ならそのくらいの年齢だろう。だが、遠目のせいもあるとは思うが、とてもそうは見えない。華やかな顔立ちは高槻と本当によく似ていた。ああこの女性はあの人の母親なのだと、はっきりとわかるほどに。

写真家が、清花に向かって言うのが聞こえる。

「高槻さんが演じたジゼルは、いまだに忘れがたいですよ。あんまりにも可憐《かれん》で軽やかなものだから、ああこの人は本当に妖精《ようせい》なんだなと思ったくらいです。この先もずっと高槻清花の舞台を観られると思っていたのに、あっという間に引退されて。正直、驚きました。脚を怪我されたからとは聞いていましたが、その後完全にバレエ界から身を退《ひ》かれたのが意外でしたね。未練はなかったんですか？」

「その後すぐに結婚しましたもので」

清花がはにかんだような笑顔で答える。

「バレエに未練がなかったわけではありませんが、それよりも夫への愛の方が大きかったもので……ほら、バレエをしていると、どうしても家を空けがちになりますから。でも確かに、自分でも意外でした。自分が、妻やお母さんと呼ばれるものになることに、幸せを見出《みいだ》すなんて」

尚哉はぼんやりと、その笑顔を見つめる。

高槻と同じ顔で、この人は、家族のことを語っている。

幸せそうに笑いながら。

「でも、生まれた息子を抱いたとき、ああこの子を守って生きていくんだなって思ってしまったんです。その瞬間、もうジゼルにはなれないなって、そう気づきました」

その声に少しも歪《ゆが》みはないのに、聞いている尚哉の胸の中で何かが軋《きし》む。

トークショーは、その後海外でのバレエ公演の話やバレエ団での生活の話に移り、やがて終わった。

客達が拍手する中、立ち上がった写真家と清花が、会釈しながら奥へ去ろうとする。

その瞬間、飯沼が動いた。

放せと暴れる尚哉の腕を片手でつかんで引きずり、他の客を押しのけるようにして清花を追う。

「高槻清花さん！　こんにちは、今のトークショー感動いたしました！」

大声で話しかけられて、立ち去りかけていた清花がびっくりした顔で振り返った。派手な柄シャツにサングラスという格好の飯沼は、ギャラリーの客の中で明らかに浮いている。係員らしき女性があからさまに顔をしかめ、飯沼に向かって言った。

「あの、困ります、下がってください」

「いやー、特にあの、バレエを引退して家族への愛に目覚めたって話？　あれ、よかったですねー！　僕ぁ感動で涙出ましたよ！」

押しとどめようとする係員にかまわず、飯沼はなおも清花に近寄ろうとする。清花は目を丸くして飯沼を見ていたが、やがてやんわりと微笑んだ。

「どうもありがとうございます。でも、あんなに家族の話ばかりしてしまって、少し反省しているんですよ。皆様、きっとバレエのお話をたくさん聞きたかったでしょうに」

「いやいやいや、あーゆー話がいいんですって、胸にぐっとくるから！——それで清花さん、息子さんとは今でも関係は良好ですか？」

歯を剝《む》き出すように笑って、飯沼が尋ねる。尚哉ははっとして、飯沼の服をつかむ。

飯沼はうるさげにそれを振り払い、なおも尋ねた。

「息子さん、お元気ですかねえ？」

清花の顔を柔らかく彩っていた笑みが、ふっと弱まった。焦げ茶色の瞳《ひとみ》に陰がさす。

悲しい微笑みを浮かべて、清花は言った。

「それが——息子は、子供の頃に行方がわからなくなってしまって」

尚哉は目を見開いて、清花を見る。

清花が続けた。

「実は、息子はまだ見つかっていないんですよ。……私は今でも、いつか息子が戻ってくると信じています」

その瞬間、尚哉の中で、もう一度、何かがはっきりと軋んだ。

係員の女性が、清花を奥へと促した。清花は飯沼に会釈し、それから尚哉の顔を見て少し不思議そうな目をして、その場を去っていった。

飯沼は清花を見送り、自分の顔からサングラスをむしり取って、舌打ちした。

「……っんだよ、あれ……冗談で言ってるわけじゃねえよなあ」

それから飯沼は尚哉に目を移し、どんと乱暴に肘《ひじ》で小突いてきた。

「そんでもってボウヤはなーんて顔してんだよ。さては何か知ってんな？　おーい、話せよ。聞いてやっから」

尚哉は黙ったまま下を向き、首を横に振った。そのまま出口の方へと足を向ける。追ってきた飯沼が肩や腕をつかむのをその度払いのけて、足早にギャラリーを出た。

清花は、普通そうに見えた。

おかしなところなんて何一つないように見えた。

でも彼女は、今でも夢物語の中にいるのだ。

彼女の息子は十二歳のときにさらわれたまま、今なお戻ってきていないことになっている。彼女が現実から目をそむけた分だけ、周囲の世界は残酷に歪んでいく一方なのに。

現実世界で生きている高槻は、彼女の中で今なお存在を否定され続けているのだ。

――未華子がいなくなった、という連絡が優斗からあったのは、月曜の午前中のことだったらしい。

月曜の夕方に、借りていた本を返しに高槻の研究室を訪れた尚哉は、ちょうど出て行こうとした高槻と鉢合わせして、事情を聞いた。

「未華子さんと全く連絡が取れないらしいんだよ」

優斗は、土曜の夜に未華子に電話をかけたらしい。だが、未華子は出なかった。留守電にメッセージを入れておいたが、折り返しもなかったのだという。

日曜の昼にもう一度電話してみたが、やはり未華子は出なかった。夜になって直接マンションにも行ってみたが、インターホンを押しても反応がなく、外から確認したところ、部屋の電気も点《つ》いていなかった。

この時点で、優斗は一度それとなく未華子の実家に確認してみたらしい。未華子が実家に戻っているのではないかと思って。しかし、未華子はいなかった。

月曜の朝に未華子が英会話学校に行っていることを知っていた優斗は、最終手段として、学校に電話をかけた。あやうくストーカーと勘違いされそうになりながらもなんとか聞き出せたのは、未華子が今日無断欠席しているということだけだった。

そうして困り果てた優斗は、高槻に連絡してきたというわけだ。

一旦《いったん》研究室の中に戻って尚哉に事情を説明した高槻は、再び出て行こうとしながら、こう言った。

「今日はもう講義はないから、僕も捜しに行こうと思ってね。あ、深町くんは勿論《もちろん》いいよ、これはもう調査とは関係ないから——深町くん？」

思わず腕をつかんで引き止めた尚哉を、高槻が振り返った。

尚哉は高槻を見上げ、言った。

「未華子さんに関わるのはもうやめましょうよ、先生」

「……そういうわけにはいかないよ」

「そういうのは優斗さんと、未華子さんの家族と、あとは警察にでもまかせればいいじゃないですか！　先生が行く必要ないです、倒れそうになったのを忘れたんですか？」

「忘れてないよ。でも、何かあってからじゃ遅いし、すでに何かが起こっている可能性もあるんだ」

高槻が真顔で言う。

「というか——僕に話がきた時点で、それはもうとっくに始まっていたのかも」

「え？」

「僕は、もっと早くに、それを優斗に指摘するべきだったんだと思う」

己の顎《あご》を軽く指先でなで、呟《つぶや》くように高槻はそう言った。

どういうことですか、と尚哉が尋ねようとしたときだった。

こんこん、と誰かが研究室の扉をノックした。

いつもだったらすぐに返事をするはずの高槻が、なぜかふっと口をつぐんで扉を見やる。こんこんこん、と再び誰かが外から扉をノックする。

「……どうぞ」

高槻が声をかけると、研究室の扉が外から開いた。

そこに立っていたのは——未華子だった。

今日は、ワインレッドのワンピースを着ていた。荷物はショルダーバッグ一つだ。

黒々とした髪は重たく顔の周りを縁取り、切れ長の大きな瞳が熱をたたえてぎらぎらと輝いている。その顔に半ば本能的な恐怖を覚えて、尚哉はまた高槻の腕をつかんだ。なぜだか高槻を彼女から遠ざけなければいけない気がした。

だが高槻は尚哉の腕をはずし、一歩前へ出た。

「ああ、出かけなくてよかったです。……まあ、なんとなく、僕に会いに来るんじゃないかなあって気はしてたんですけどね」

「天狗《てんぐ》様」

未華子が口を開いた。

甘い毒のような声だった。

「ずっとお慕いしておりました。天狗様。子供の頃に会ったときからずっと。天狗様だけが、私のことをわかってくれる」

強い執着を瞳に浮かべ、未華子は高槻に抱きついた。服越しでもわかるほど細い腕が高槻の背に回され、蛇のようにからみつく。

高槻は抵抗しない代わりに、抱きしめ返しもしなかった。

自分の体にしがみつく未華子ではなく、宙を見つめるようにしながら、高槻は静かな声で言った。

「そうですね。確かに僕は、あなたと昔会っている。母がうちの庭で開いたお茶会で」

宙を見つめるその目つきは、高槻が過去の記憶を再生しているときのものだ。

高槻は今、二十年以上も前に自宅の庭で催されたお茶会の景色を見ている。

「白い大きなテーブルの上に、紅茶とサンドイッチとお菓子が並んでた。大人達は楽しそうにお喋《しゃべ》りしていたけど、あなたは黙って退屈そうにお菓子を食べてた。そのうちにあなたは椅子から降りて、庭の花壇の方に一人で歩いていった。僕は一通りおばさま方の相談を聞き終わっていたから、あなたを追った」

「そうです、天狗様！　やっぱり、覚えていてくださったんですね！」

未華子がますます強く高槻を抱きしめながら、嬉《うれ》しそうに言う。

「ええ、覚えています。——だけど僕は、あなたの名前を知りません」

高槻がようやく動いた。

未華子の腕をほどき、反対にその両腕を手でつかむ。過去の景色から目の前の現在へと視覚を戻し、高槻は未華子の顔を覗《のぞ》き込んだ。

「あなたは、未華子さんではありませんよね」

その言葉に、尚哉は、え、と思う。

未華子は答えない。ただ両の瞳をさらに熱く輝かせながら、高槻を見上げている。

高槻が続けた。

「未華子さんは、母のお茶会に何度か連れてこられていた。いつも、ぬいぐるみのクマを抱いていてね。周りの大人達に可愛がられていた。――あの日、あなたはクマを持っていなかったけれど、大人達は皆、あなたのことを未華子さんだと思っていた。あなたも否定しなかった。僕はそれがとても不思議だった。だってあなたは、未華子さんとは別の女の子なのに。だから僕は、一人で花壇の方に行ったあなたを追いかけて、尋ねたんです。『君は誰なの？』と」

「ええ……ええ、そうです。その通りです、天狗様」

熱く潤んだ未華子の瞳から、涙がこぼれ落ちる。

尚哉は未華子を見つめ、次に高槻を見た。

「先生、それじゃ……この人は、未華子さんの……？」

「そうだよ、深町くん。この人は――未華子さんとは、双子の姉妹だ。どちらが姉かは知らないけど」

高槻が言う。

「あのとき結局、僕はこの人の名前を聞けずじまいだった。庭の木の陰にいた鳥が、運悪く飛び立ってね。倒れてしまったんだ」

だから彼女は、高槻が鳥を恐れることを知っていたのだ。

未華子と同じ顔をしているという彼女は、ぽろぽろと涙をこぼしながら高槻を見つめ、そして言った。

「百合子《ゆりこ》です、私の名前……未華子の、妹」

そういえば、優斗が言っていた。未華子には留学中の妹がいると。

だが、おかしな話ではないか。なぜ優斗は、百合子のことを知らなかったのか。

「私は……できそこないなんです。だから、あまり人前に出さないように隠されてた」

涙を落としながら、百合子はそう言った。

高槻が尋ねる。

「それは、あなたの肩にあるもののせいですか？」

「最初は……たぶん、そうでした。でも、それだけじゃなかったと思います」

——未華子と百合子は、一卵性の双子だ。

だから何もかもが同じはずだった。同じ顔、同じ声、まるで鏡のように全てが同じ。

でも、ただ一つだけ、違うところがあった。

百合子の肩には生まれつき、醜いできものがあった。

医者はそれを、胎内で起きた異常だと説明したらしい。何らかの事情で剝《は》がれた羊膜が、そこに癒着したのだろうと。もっとひどい障害になる可能性もあった、この程度で済んでむしろ幸いだったと。

両親は勿論、治療を望んだ。手術してどうにかならないかと、医者に相談した。

だが、百合子はケロイド体質で、手術で異常を除去しても、その手術痕《こん》がさらに大きく残る可能性があった。手術は勧めない、と医者は首を振ったらしい。

「小さい頃は、そんなに気になりませんでした。でも、ちょっと大きくなって、幼稚園で他の子供達と一緒になったときに……周りの子達が皆、私の肩を指差して、気持ち悪いと言ったんです。未華子は私をかばって怒ってくれたけど、私はわあわあ泣いて未華子を責めました。何で双子なのに未華子は私と同じじゃないの、何で未華子の肩は綺麗《きれい》なのって……未華子は困った顔をして私を慰めてくれたけど、そのとき私は知ったんです。私達は鏡みたいにそっくりな双子だけど、鏡に映ってるのは私の方なんだって。本物なのは未華子で、私はその鏡像。しかもその鏡は歪《ゆが》んでいるんだって」

その考えは、百合子の中に深く深く根を下ろした。

やがて百合子は、部屋の中に閉じこもるようになった。幼稚園にも行きたくないと言い、それでも無理矢理連れていかれれば、隅っこの方に一人で縮こまっていた。人と話すのを嫌うようになり、いつも暗い顔で黙り込んでいた。

だって、本物なのは未華子なのだから。

未華子がいれば百合子なんて必要ないだろうから。

そんな百合子と対照的に、未華子は明るくのびのびとした性格に育った。百合子の扱いに手を焼いた両親は、やがて未華子の方ばかりを可愛がるようになっていった。未華子だけは変わらず百合子をかまい続けたが、その他の人達は皆、百合子のことなんてほとんど気にしなくなった。

双子は遺伝子レベルで同じだという。

でも、人を作るのは、結局、環境だ。

二人の顔は同じままだったけれど、それ以外の何もかもは、どうしようもなく変わっていってしまったのだ。

「天狗様のお茶会にも、未華子だけが連れて行かれていました。でも、あるとき、未華子が私のところに来て言ったんです。すごいイタズラを思いついたって。私に、未華子のふりをして、お茶会に行けって言うんです。おいしいお菓子がたくさん食べられるから百合子も行ってくればいいって。……天狗様のことは、未華子から話を聞いていて、ちょっと会ってみたいと思ってました。だから私は、未華子のよそ行きのドレスを着て、未華子のふりをしてお茶会に行ったんです」

出かける前に未華子に、私のふりをしなくちゃ駄目よと言われた。

子供部屋のドレッサーの前で、未華子は百合子にドレスを着せ、髪を梳《と》かしてリボンをつけてくれながら、ほらと言って鏡の中を指差した。

――私と百合子は、こんなに同じ。さあ笑って。そしたら誰にも気づかれない。

それはまるで魔法の言葉のようだった。

二人まとめて映った鏡の中で、未華子と百合子は確かに入れ替わったのだ。

いつも未華子がするように笑いながら子供部屋を出て、母親に抱きついてみたら、母親はあっさりと未華子だと思い込んだ。

未華子がかけてくれた魔法は完璧《かんぺき》だった。お茶会の場でも、誰もが百合子を未華子と思って可愛がってくれた。

だけどそのうち、大人達のお喋りを聞いているのが退屈になってきた。お菓子を食べすぎて、お腹もいっぱいになってしまった。

だから百合子は一人でお茶会のテーブルを離れた。庭を舞う蝶《ちょう》に惹《ひ》かれて、花壇の方へと歩いていった。

そこで天狗《てんぐ》様に「君は誰なの？」と話しかけられたときの衝撃といったらなかった。

だって未華子の魔法は完璧だったのに。

「天狗様だけです。私を、見分けてくれた。未華子じゃなくて、私を見てくれた。ああ……わかりますか？　あのときの私がどれだけ嬉しかったか。歪んだ鏡に映った偽物のはずの私を、いなくてもいいはずの私を、天狗様だけが真っ直ぐに見てくれた！　天狗様の千里眼は本物なんだと、あのとき私は思ったんです！」

「——それは違いますよ、百合子さん。僕には千里眼などありません」

声を震わせて語る百合子に、高槻は冷めた口調で言う。

「あのとき僕は、ただ見て考えただけです。顔は同じだけど、あなたと未華子さんでは普段の態度が違っていたので。未華子さんはぬいぐるみのクマが手放せない子だった。

でもあなたは、クマを持っていなかった。それに、未華子さんは、テーブルクロスに落ちたお菓子の屑《くず》を、一つずつ拾って一列に並べ直す癖があった。あなたにその癖はなかった。……僕はただ、見ていただけです」

「ほら、天狗様はやっぱり私を見てくださっていたんじゃないですか！」

言葉をすれ違わせたまま、百合子ははしゃいだような笑い声をあげた。

「私はまた未華子と入れ替わってお茶会に行きたいと思っていました。でも、それからすぐに、天狗様のお茶会はなくなってしまったと聞きました。高槻のおばさまがお体を壊されたからだと。とても残念でした」

それはたぶん、高槻が『天狗の子』であることをやめたからだろう。天狗様を囲むお茶会は、もう二度と開かれることはなくなった。天狗様に再び会うことは叶《かな》わないまま、百合子は大きくなっていった。肩のできものは、百合子の体の成長に合わせて、少しずつ形を変えた。引き伸ばされ、なんだか人の顔のような形になってきたそれを、百合子は自分でも気味が悪いと思った。

人前に出ることを嫌い、一人でいることを好む性格は、小学校を経て中学高校と進むうちにますますひどくなった。未華子の方は反対に、多くの友達を作って、明るく社交的な性格に育っていった。

やっぱり百合子は、鏡に映る歪んだ影なのだ。

そして大人になった百合子に、それをさらにはっきりと自覚させる出来事が起きた。

海外留学していた未華子が帰ってきたとき、急に両親が、百合子にも留学しろと言ってきたのだ。

「私は——留学なんて、興味がありませんでした。英会話はスクールに通わされていたのである程度できましたけど、未華子みたいに通訳になろうなんて思ってなかった。それなのに、勤めていた会社を辞めさせられて、無理矢理留学させられたんです」

それがなぜだったのかは、すぐにわかった。

未華子に見合いの話がきていたのだ。

同じ顔、同じ年の百合子でも、別にかまわないはずだった。でも両親は、百合子を隠した。そんな娘はいないとばかりに、海の向こうへ追いやった。

ひとえに——百合子が、できそこないだったから。

「未華子とは、留学してからも連絡を取り合っていました。お見合いをしたと聞かされて……相手の名前が高槻だと聞いたとき、私はいてもたってもいられなくなりました。天狗様じゃないとわかっていましたけど、それでも胸がざわついて……誰にも言わずに一時帰国して、未華子と会いました」

留学のストレスで痩《や》せ細った百合子を、未華子は心配してくれた。

百合子は未華子から、婚約者の話を聞いた。どんな人なのか。相手のことは何と呼んでいるのか。デートではどこへ行き、何を話したのか。細かく、話を聞いた。

「未華子さんに成り代わるため——ですか？」

高槻が尋ねる。

百合子はこくりと素直にうなずいた。

「二人で話しながら、部屋の鏡に映っている自分達を見たんです。私はちょっと痩せてしまっていたけれど、でも顔立ちはやっぱり同じでした。まだ魔法はかけられる。そう思いました。……優斗さんは、騙《だま》されてくれた。あの人、未華子のことをそんなに愛していなかったんでしょうね」

くすくすと百合子が笑う。その左手には、優斗が未華子に贈ったダイヤの婚約指輪が輝いている。

尚哉はそれを見ながら、背筋に寒いものを覚える。

百合子が未華子と入れ替わったというのなら——未華子は今、どうしているのか。

「優斗さんなら、同じ高槻の家の人だもの。天狗様に連絡することくらいできると思いました。でも、天狗様に連絡するなら、何か特別な相談事がないといけない。その辺の人にはとても言えないような、難しい相談が。……私、未華子と会ったときに、ちょっと怪我をしてしまったんです。割れたワイングラスの上に倒れてしまって、肩を切って。そのとき、ああ、と思いました。ここにちょうどいいものがある、これを相談すればいいなって。後で優斗さんから、天狗様は大学で民俗学を教えていると聞かされたときには、興奮して震えそうになりました！　この上なくふさわしい相談内容になったと思います、人面瘡《じんめんそう》なんて！　うふふ、これが役に立ったのなんて初めてです！」

嬉《うれ》しそうに自分の右肩を見下ろして、こんなこともあるんですねと百合子が声を弾ませる。

だが尚哉は、途中からろくにその話を聞いていなかった。

割れたワイングラス。その上に倒れたという百合子。——まるで未華子と争いでもしたかのようで、どうしても最悪の想像をせざるをえない。

もしかしたら、未華子はもうこの世にはいないのではないのか。

百合子は、未華子を殺して、その指から婚約指輪を奪い取ったのではないのか。

高槻は、百合子の両腕をまるで捕まえるようにつかんだまま、厳しい顔で百合子を見下ろしていた。百合子は高槻の表情にも気づかない様子で、得意げに話し続ける。

「泣きながらお願いしたら、優斗さんはちゃんと天狗様に連絡を取ってくれました。そうして、天狗様を私のところに連れてきてくれた。最初は、天狗様がなかなか私と未華子を見分けてくれなくて、少しショックでしたけど……でもやっぱり、天狗様は天狗様です。最終的には、私が未華子じゃないとわかってくださいましたもの！」

高槻を見上げる百合子の、その熱に浮かされたような瞳《ひとみ》が、尚哉には恐ろしかった。

百合子が過去に高槻と会ったのは、ただ一度きりだったはずだ。それもとても幼い頃の話だ。彼女はそれからずっと高槻のことを想い続けていたとでもいうのだろうか。

そうして二十年以上の時を経て、高槻を追い求めてここまで来たのか。

自分の双子の姉を犠牲にしてまで。

いつだったかの高槻の講義を思い出す。追いかけてくる女。それに対する恐怖。あのとき高槻は、それは父系社会が生み出したものだと言っていた。支配する側だった男にとって、支配される側の女が我欲や執着を露《あら》わにするのは恐ろしかったのだと。でも違う。そんな理由なんかなくても、後先を考えないこの異様な執念は、恐怖以外の何物でもないと思う。すさまじい勢いで追ってくる女は、ただそれだけで怖いのだ。

そのときだった。

高槻が一つ、ため息を吐いた。

「ああ……成程《なるほど》。そういうことだったんですね」

百合子がきょとんとしたようにまばたきをする。

高槻はようやく合点がいったという顔で、百合子を見下ろす。

「僕にはずっとわからなかったんです。あなたが未華子さんに成り代わった理由がね」

高槻は、ずっとつかんでいた百合子の両腕をそっと放した。

代わりに、百合子の左手を取って持ち上げる。

その薬指で輝くダイヤの指輪。よく見ると、サイズが合っていないことがわかった。痩せ細った百合子の指には、未華子の指輪はわずかに浮いてしまっている。

「あなたが未華子さんになったところで、結婚相手は優斗です。僕じゃない。それに、もし優斗を通じて僕に会いたかっただけなら、別に未華子さんに成り代わる必要もない。未華子さんから優斗に頼んでもらえばよかった。それなのに、どうしてあなたは、わざわざ未華子さんとして僕の前に現れたのか」

その指輪を悲しげに見つめて、高槻は言った。

「あなたは——もう一度、僕に見分けてほしかっただけなんですね。あなたと未華子さんが、別人であることを」

その瞬間、高槻を見上げる百合子の顔が、くしゃりと崩れた。

まるで子供のような泣きべそが、一瞬にして現れる。かすかに開いた唇から、どうしようもない泣き声が長く尾を引いて漏れる。

「……だ、だって」

五歳の子供のように顔中をくしゃくしゃにしながら、百合子は大粒の涙をこぼしてしゃくりあげた。

「だって、親でさえ、気づか、なかったのに。天狗様、だけが、気づいて、くれた」

——あの、かつての高槻家での、お茶会で。

誰もが百合子のことを未華子だと思っていた。

百合子も、一生懸命に未華子のふりをしていた。普段より明るく振舞って、可愛らしく周りに向かって笑いかけて。

なのに、高槻だけは、そこにいるのが未華子ではなく百合子だと気づいてくれた。

「あの瞬間、世界が、変わった気が、したんです。……奇跡、みたいでした」

まるでいないも同然だった百合子を、高槻だけが見てくれたから。

あの奇跡の瞬間は、百合子の中に焼きついて——その一瞬だけを心の中に抱きしめて、百合子は今まで生きてきたのだ。

百合子が再び高槻に抱きついた。細い腕を高槻の体に回し、懇願するように叫ぶ。

「天狗《てんぐ》様。お願いです、どうか私を、私だけを見てください。私の願いを叶《かな》えてください！　またお茶会をしましょう、高槻のおばさまと！　そうしてあの一瞬を繰り返して、幸せに過ごしましょう！　いつまでも、いつまでも、永遠に！」

高槻は今度も、百合子を抱き返しはしなかった。

ただゆっくりと百合子の腕をほどき、その両肩に手を置いて、こう言った。

「ああ、もう一つ、僕にはわからないことがあったんですが、今それもわかりました。……理解はできませんが」

「天狗様……？」

百合子が高槻を見上げる。

高槻はその瞳を上から見下ろし、続けた。

「未華子さんと自分を見分けてもらって、それでその後どうするつもりだったんだろうというのが、ずっと疑問だったんです。……あなたは、僕に会えば、まるでおとぎ話の王子様のように僕があなたを見つけ、たちどころに恋に落ちるとでも思っていたんですね。でもそれは、あなたにだけ都合の良い夢物語です」

「天狗様」

百合子が何か言いかける。

高槻はそれを遮るように首を横に振り、きっぱりと告げた。

「僕は、僕を『天狗様』と呼ぶ人とは、一緒にいられないんです」

百合子の頬に片手を当て、高槻はその瞳を間近から覗《のぞ》き込む。

まるでキスでもするかのようなその仕草は、だが、彼女が望むようなものではない。現実は、「王子様がお姫様にキスをして、そして二人は永遠に幸せに暮らしました」とはならないのだ。

「僕はもうずっと前に、天狗じゃなくて人間でいようと決めたんです。僕を人間でいさせてくれる、そういう人達と一緒にいたいと思った。だから僕は、あなたとはいられない。本当に申し訳ありませんが、僕はあなたの求める相手じゃないし、あなたは僕の求める相手じゃない」

彼女の瞳を覗き込みながら、言い聞かせるように、高槻は言う。

何を言っているのかわからないとでもいうように、ぼんやりと高槻を見上げていた百合子の瞳の中に――唐突に、理解の色が生まれる。

その瞬間、百合子の顔が凍りついた。

「……っ」

ぱん、と音を立てて、百合子が高槻の手を払いのける。

よろめくように後退《あとずさ》りながら、百合子は自分のショルダーバッグの中に手を入れた。

彼女がバッグから取り出したのは、果物ナイフだった。

「百合子さん」

高槻が、尚哉をぐいと部屋の奥へと押しやりながら、傍らの本棚に手をのばす。

百合子は凍りついたような表情のまま、ナイフを高槻に向ける。

「天狗様」

切っ先を震わせながら、百合子が高槻を呼ぶ。

「天狗様……嘘ですよね、さっきの……天狗様は、そんなこと、言わない」

「百合子さん。僕は天狗様ではありません」

「天狗様は、皆の願いを叶えてくれて、それで」

「そんなものは初めから存在しなかったんです」

「私のことを、愛して、くれる――……」

百合子の頬を伝い落ちた涙が、床に染みを作る。

突然、百合子がぐっと唇を噛《か》みしめた。

百合子が高槻に向かってナイフを突き出すのと、高槻が本棚から抜き出したファイルを己の前にかざしたのとは、ほぼ同時だった。

刃がファイルの表面を滑り、百合子がはっとしたように手を引こうとする。

だがその前に、高槻が百合子の手首をつかんだ。そのまま捻《ひね》り上げる。百合子が悲鳴を上げて、ナイフを取り落とした。

高槻は百合子の腕を捻り上げたまま、尋ねた。

「百合子さん。未華子さんはどこにいるんです？」

「知ら、ない」

百合子の声が歪《ゆが》む。

「未華子さんは無事なんですか？」

「知らない。……いいえ、もう生きてないわ、殺しちゃったもの！」

ぎしりと、激しく百合子の声が歪んで軋《きし》む。

高槻は耳を押さえた尚哉にちらと目を向け、ほっとしたように息を吐き出した。

「よかった。……未華子さんは、無事なんですね」

百合子が涙でぐちゃぐちゃの顔で高槻を見上げる。

高槻は捻り上げていた百合子の腕を下ろし、彼女をそっと椅子に座らせた。

百合子はもう抵抗する気力もないのか、両手で顔を覆って小さくすすり泣き始めた。

尚哉は高槻の指から血が流れていることに気づいて、ぎょっとした。

「先生、それ」

「え？……ああ、さっき、ファイルではじいたときに、ちょっと失敗した」

人差し指と中指に斜めに走った切り傷を軽く舌で舐《な》め、高槻が言う。勿論《もちろん》そんなことで血が止まるわけもなく、高槻は自分でハンカチを取り出して、傷口を押さえた。

それから高槻は、椅子の上で縮こまっている百合子と視線を合わせるように、少し腰をかがめた。

「ねえ、百合子さん。未華子さんは、今どこにいるんですか？」

百合子は両手で顔を覆ったまま、ぶんぶんと首を横に振る。

「言ったでしょ。未華子はもう死んだの。殺しちゃった、私が」

「それは嘘ですね。僕には千里眼はありませんが、あなたが未華子さんを殺していないことも、彼女がどこにいるか本当は知っていることも、わかるんです」

「どうしてよ」

「さあ、それは——どうしてでしょうね」

くす、と高槻が小さく笑って、尚哉を見た。

便利に使われてるなと思いながら、尚哉は耳を押さえた手を下ろす。

まあ、せいぜい便利に使えばいいのだ。そのために尚哉はいるのだから。

「天狗ではない僕にはただ推測することしかできませんが、あなたが未華子さんを殺さなかったというその事実を、僕は重視したい。殺そうと思えば殺せる状況だったはずです。あなたが未華子さんと会ったのは二人きりだったはずですから。でも、あなたはそうしなかった。……それは、あなたにとって未華子さんが、殺そうにも殺せない相手だったからなのではありませんか？」

百合子が顔を覆った手の下から、ぐす、と洟《はな》をすする音が聞こえる。

高槻は傷を押さえたハンカチににじんだ血をあまり興味なさげに見下ろして、

「あなたは、僕だけが自分を見てくれたと言っていましたけど、それは違いますよね。だってあなたには、未華子さんがいた。服を取り替えて、それまで連れて行ってもらえなかったお茶会に送り出してくれたのは未華子さんです。留学から痩《や》せて戻ってきたあなたを心配してくれたのも未華子さんです。未華子さんだけは――あなたの双子のお姉さんだけは、いつだってあなたを見てくれていたんでしょう？　だからあなたは、未華子さんを殺せなかった。僕にやったように、ナイフを振り下ろしたりはできなかった。……勿論これは僕の推測です。でも――どうです、間違っていますか？」

そう言って、高槻は百合子の前に、ハンカチをはずした己の指を差し出した。

「殺してでも手に入れたい相手と、どうしても殺せない相手。本当に大事なのは、一体どちらなのだと思いますか？　百合子さん」

ざっくり切れた指の皮膚は、止血をやめた途端、また真っ赤な血をあふれさせる。百合子は顔を覆った指の間からそれを見て、身を震わせた。

「……未華子はきっと、私を許してくれないと思う」

かすれた声で、呟《つぶや》くように百合子が言う。

「さあ、それはどうでしょうね。僕にはわかりませんが」

高槻は百合子が己の顔を覆った手にそっと触れた。

ほどくようにその手を下ろさせ、涙で頬に張りついた髪を耳にかけてやる。現れた泣きべそを間近から覗き込むようにして、高槻は言った。

「でも、それを確かめる手段が一つあります。――迎えに行きましょう、未華子さんを。彼女は、どこにいるんです？」

高槻の問いかけに、百合子は小さな小さな声で、別荘の地下、と答えた。

高槻から連絡を受けて百合子を迎えに来た優斗は、そのまま箱根《はこね》にある鷹村家の別荘に向かった。

優斗が高槻の研究室を訪ねたのは、それから数日後のことだった。一応あの場にいた者として、尚哉も呼ばれた。

優斗は、高槻と尚哉に向かって深々と頭を下げた。

「礼を言う。……なんとか、間に合った」

優斗が言うには、未華子は鷹村家の別荘の地下室に監禁されていたのだという。

留学から一時帰国した百合子は、未華子を別荘に誘い、しばらく話した後に、未華子のワインに睡眠薬を混ぜたらしい。

そうして眠らせた未華子を一人で地下室まで運んだそうなのだが――これが意外と大変だったらしい。眠っている人間というのは重たいものだし、それでなくても体重的に未華子の方が百合子より重かったはずだ。移動させようとした瞬間に未華子ごと倒れ、そのときにワイングラスが割れて、百合子は肩を怪我したのだそうだ。……てっきり殺し合いの喧嘩《けんか》でもしたのかと思っていたが、もう少し平和的な話でほっとした。

とはいえ、未華子は何日も監禁されていたのだ。地下室の中には非常食と水が置かれていたが、それもぎりぎりの量だった。発見時、未華子は随分と衰弱していたため、すぐさま優斗が病院に運んだ。幸いなことに命に別状はなく、順調に回復して、昨日退院したという。

鷹村家の人々は、百合子がしでかしたことに驚き、激しく怒りもしたが、警察沙汰《ざた》にはしなかったようだ。……身内の恥とでも思ったのだろう。会社を経営している手前、騒ぎを恐れたということもあるだろうが。

「……何で俺、未華子さんじゃないってわからなかったんだろう。一か月会わなかったからって、いくらなんでも……自分で自分に失望したよ、本当に」

大仏マグカップに入ったコーヒーを前に、優斗は深くうなだれてそう言った。

高槻が苦笑して言う。

「まあ、推理小説じゃないんだから、普通は双子だなんて想像もしないんだろうけど。でも、未華子さんは、自分に双子の妹がいるって、優斗に言ってなかったの？」

「妹がいるって話は聞いてたさ。留学してるから今は会わせられないけど、でも会ったら絶対びっくりすると思うって、なんか自慢げにそう言われてた……」

未華子は優斗にサプライズでも仕掛けるつもりだったのかもしれない。自分と同じ顔の妹がいるのだということを、自慢したくて。

そう――未華子からすれば、百合子の存在は自慢だったのかもしれない。

鏡に映った歪んだ鏡像。そんな風に百合子のことを考えたことなど、なかったのかもしれないのだ。

「ていうか、ア……あの、いつ気づいたんだよ？　未華子さんが未華子さんじゃないってことに。いっぺん百合子さんの方にも会ってたからって、そんなのずっと昔の話じゃないか」

優斗に尋ねられて、高槻は少し眉根《まゆね》を寄せた。

「さすがに僕も、幼稚園児から大人の女性まで容姿が育っちゃうと、すぐにはわからなかったんだよ。しかも彼女達は一卵性の双子だからね。……でもやっぱり、細かい違和感はたくさんあった。百合子さんかどうかはともかくとして、印象の整合性が取れなかったんだ」

「整合性？」

「うん。……最初の違和感は、やっぱりあのクマさんだよね」

高槻はそう言って、ココアの入った青いマグカップを口に運んだ。

「彼女の部屋に、だいぶ年季の入ったクマのぬいぐるみがあったのを覚えてる？　あのクマさんは、小さい頃の未華子さんがいつも抱いていたものだ。何か所も繕った跡があったから、破けても捨てられなかったってことだよ。きっと大事なものなんだなあって思ってね。でも、あのとき彼女は、ソファから平然とぬいぐるみを放り投げた」

それを聞きながら、ああ、と尚哉は納得する。

だからあのとき高槻は、カーペットの上にひっくり返っていたクマのぬいぐるみを、わざわざ手に取ったのだ。

「あとは、彼女が近世文学を研究してたって言ったのも気になってね。研究してたって言い方をするからには、一般教養でちょっとかじったって程度じゃなく、専攻してたはずだ。でも彼女、英語の通訳を目指してるんだよね？　まあ、国文学研究してて通訳になる人だっていなくはないけど、普通は英文学科なんじゃないかなあって思って」

「確かに未華子さんは英文科卒業だけど……俺、あのとき全然気づかなかったぞ。大学にいた頃に、近世文学もついでにちょっと勉強したのかなあって思って……でも、そうか、あのとき研究って言ったのか、彼女」

　優斗が顔をしかめる。まあ、普通は高槻ほど相手の言葉の細部にまで気を配ったりはしないものだろう。

　しょげ返った様子の優斗をまあまあとなだめて、高槻が続けた。

「そんな風に違和感が積み重なったから、優斗にデート写真を見せてもらって、未華子さんの顔を確認したんだよ。そしたらやっぱり、今日会った人とは違うなって思った」

「だからあのとき、急に写真見せろなんて言ったのか。……そんなに顔違ってたか？」

「同じ顔の人が二人いるという前提で見ればね。双子といえど、やっぱり成長過程でちょっとは違いが出るものだよ。でも優斗だって、未華子さんと入れ替わった百合子さんを見たとき、別人かと思ったんだよね。ちゃんと見分けはついていたってことだよ」

そして高槻は、手にしていたマグカップを机に置き、真面目な顔で優斗を見た。

「というか、これに関しては、僕は本当に反省してるんだ。僕はもっと早く、優斗にこのことについて指摘するべきだった。そうすれば、未華子さんの救助はもっと早めることができた。……ごめん、あのとき黒木さんが来たものだから、それで疲れちゃって、伝えるのを忘れてた」

「いや、いい。ア……あんたがいなかったら、そもそも未華子さんは本当に死んでたかもしれないし」

コーヒーを啜《すす》って、優斗が言う。

尚哉はなんとなく気になって、優斗に尋ねた。

「あの。訊《き》いてもいいですか？」

「何かな」

優斗が尚哉の方を向く。

尚哉は、その高槻とは少しも似ていない顔を見つめながら、言った。

「百合子さんは……今、どうしてるんですか？」

「彼女は鷹村家にいる。……精神科の治療を受けることになりそうだと聞いた。もともと海外留学のストレスで、鬱《うつ》病の診断を受けていたらしいんだよ。睡眠薬を持っていたのも、そのせいだったとかで」

「そう、ですか」

確かに百合子は、あのときまともな精神状態には見えなかった。刃物を取り出したときにはどうしようかと思ったのだ。……幼馴染《おさななじみ》の暴力刑事に色々仕込まれた人がいたおかげで、なんとかなったが。

優斗が言った。

「でも俺、何でかあんまり百合子さんを恨む気にもなれないんだよなあ」

「え、婚約者を殺されかけたのに？」

「それは本当にやめてほしかったけど！　でも、別荘に向かう車の中で、俺、百合子さんと話したんだけど……百合子さんはさ。未華子さんになりたかったんだって。今回の入れ替わりとか関係なく、もっとずっと前から、未華子さんでいたかったんだってさ」

「鏡に映った影じゃなくて、本物に？」

「じゃなくて――単純に、未華子さんみたいになりたかったって意味だと思う。明るくて、社交的で、皆から好かれてる彼女に」

未華子と百合子は正反対の性格に育った。

明るく前向きな未華子。卑屈で暗い百合子。なまじ顔が同じなだけに、百合子にとっては余計にコンプレックスになっていたことだろう。

でもそれは、裏を返せば、結局は憧《あこが》れなのだ。

ああなりたい、なれたらいいなという、憧れ。

「俺も……わからなくはないんだ、それ」

優斗は大仏マグカップに視線を落としながら、そう呟《つぶや》いた。

高槻が首をかしげる。

「何それ。優斗も誰かになりたかったの？」

「ア……あんただよ」

睨《にら》むように高槻を見て、ぼそりと優斗が言う。

高槻は面食らったような顔で、

「え。待って、僕、優斗に嫌われてたよね？　好かれてたの、たぶん優斗が幼稚園児のときまでだよね⁉」

「だから！　それは……あのなあ、ちょっと想像してみろよ！　小さい頃は自慢の従兄《いとこ》でも、そのうち学校の成績も、習い事も、ていうか見た目も何もかも、出来の良すぎる従兄と全部比べられるようになったんだぞ！　親どころか周り中からな！　『彰良くんはもっとできたのに』『彰良くんはあんなに綺麗《きれい》な顔なのにどうして』ってしょっちゅう言われてみろ、滅茶苦茶へこむぞ！」

真っ赤になって優斗が言う。

高槻は面食らった顔のまま、

「え、えええええ……何それ、僕知らないよ……？」

「そりゃ知らねえだろうよ、言われてたの俺だからな！　おかげでもう、ア……あんたの顔見るだけで憂鬱になったさ！」

「えええ、なんかごめんね優斗……」

「謝るな！　余計惨めになる！」

　優斗がそっぽを向く。高槻が、どうしたものかという顔でココアを口に運ぶ。

　尚哉はそんな二人を見比べて、思わず笑いそうになる。何だ意外と普通に従兄弟《いとこ》同士なんだな、とあらためて思う。尚哉のところは、従兄の正彦《まさひこ》が成績優秀で、よく比べられて和也と二人で拗《す》ねていたものだ。

　でも、それなら、例の神隠し事件を境に二人の仲が壊れたというわけではないのだ。単に小さい頃のわだかまりをこじらせて、そのまま大人になってしまった結果、相手に対してどう振舞えばいいのかわからなくなってしまったのだろう。……だからこそ優斗は今こうして、高槻と普通に話しているのかもしれないが。

　と、高槻が、そっぽを向いたままコーヒーを飲んでいる優斗に向かって言った。

「ていうかさ、優斗はいつ僕のこと、アキくん呼びに戻してくれるんだろうか」

　ぶっと、優斗がコーヒーを噴き出した。

　そのままげほげほとむせる優斗に、高槻が慌ててティッシュを差し出す。

「ちょっと優斗、大丈夫？　スーツ汚れてない？」

「へ、平気……じゃなくて！　呼べるか今更、そんなガキの頃の呼び名！」

「だってさっきから『ア……』って言いかけては止めてるから、気になって」

「ああ、気になってましたね、俺もずっと」

尚哉が口を挟むと、優斗は尚哉の方をぎっと睨み、

「……二十数年ぶりに会う従兄をどう呼べばいいかってのは、悩みどころなんだ。いずれお前にもわかるときがくる」

「いや俺、そんなひさしぶりに会う従兄はいないです」

尚哉が首を振ると、優斗はへそを曲げたような顔で、机に飛んだコーヒーの飛沫《しぶき》をティッシュで拭《ふ》いた。会った当初の嫌な人という印象はもはやすっかり消え、なんだか面白い人だなあという気分で尚哉は優斗を眺めやる。

まあでも、今更『彰良くん』だの『彰良さん』だのとは呼びづらいのもわかる気がする。呼び捨てにするのも気が引けて、結局『あんた』でごまかしているらしい。

「でも優斗、一回だけ僕のこと、『アキくん』って呼んだよね」

「呼んでない！」

「呼んだよ、僕が倒れそうになったときに。……あのとき優斗も、支えてくれたよね」

そう言って、高槻が微笑む。

優斗はまたそっぽを向く。どうしてもアキくん呼びはなしにしたいらしい。

それから優斗は、ちらと腕の時計に目を走らせ、慌てたようにコーヒーを飲み干して、立ち上がった。

「悪い。そろそろ行かないと」

「うん。じゃあね、優斗」

高槻がひらひらと手を振る。

優斗は扉に手をかけ——開ける前に、一度高槻を振り返った。

「なあ。今回は本当に助かった。……巻き込んで、悪かったと思ってる」

「気にすることないよ。だって僕は嬉《うれ》しかったから」

高槻が言う。

本当に嬉しそうに笑いながら。

「ものすごく、本当にものすごくひさしぶりに、従弟《いとこ》が僕を頼ってきてくれたんだよ。それは僕だって頑張っちゃうって。——ああそうだ、優斗。結婚式の写真、後で僕にも送ってよ」

「……ああ。送る」

笑って言った高槻に、優斗は少しだけ複雑そうな顔をして、うなずいた。

その顔を見て、ああそうか、と尚哉は気づく。

優斗と未華子の結婚式に、きっと高槻は呼ばれない。

「じゃあな」

「うん」

またな、とも、さよなら、とも、二人は言い合わなかった。

二人がまた会うことはあるかもしれない。

でもそれはおそらく、推奨されないのだ。高槻の家では。

優斗が研究室を出て行く。ぱたりと閉まった扉を見やり、尚哉はなんとはなしに寂しいような気分になる。別に自分の親戚《しんせき》でもないのに。

だけど少しだけ、ほっとしたかもしれない。

高槻の親戚に、渉以外にも高槻と普通に話す相手がいることがわかって。

黒木は高槻に対して、息をひそめて生きろと言った。存在を消せと言わんばかりに。

高槻の母は、高槻の存在自体を己の中から消し去ってしまった。

でも、優斗の中には、高槻はちゃんといるのだ。『アキくん』として。……あるいはそれは、自慢の従兄のままなのかもしれない。

高槻が立ち上がり、優斗が使っていた大仏マグカップを手に取った。

くす、と笑って、尚哉の方を振り返る。

「ねえ、深町くん。――優斗のジャケットの背中に白い染みがあったの、気づいた？」

「え？　ああ、ありましたね。左の肩の後ろのとこ」

優斗が研究室から出て行こうとしてこちらに背を向けたとき、ちょっと気になっていたのだ。結構大きな染みが二箇所、点々とジャケットについていたことが。

「言った方がいいのかなって思ったんですけど、なんかタイミングなくて言いそびれて……何だったんでしょうね、あれ」

「インコの糞《ふん》じゃないかな？」

「えっ、それってまさか」

「うん、あの赤いインコだろうね」

未華子の部屋を訪れたとき、百合子が高槻に突きつけたあの赤い大きなインコのことだ。もともと未華子が飼っていたものではなかったと優斗が言っていたから、百合子がどこかから買ってきたものだったのだろう。

「未華子さんは入院してたっていうし、百合子さんも大変な状態だろうから、あの鳥どうなったのかなあってずっと思ってたんだけど……よかった、今は優斗が預かってるみたいだね。ちゃんと世話できてるといいけど」

高槻が言う。なんとなく、大型のインコに翻弄《ほんろう》されている優斗の姿が目に浮かぶ。ジャケットの背中に糞がつくくらいだ、鳥籠《とりかご》から出したりもしているのだろう。

「先生、鳥嫌いな割に、インコの心配してたんですね」

「そりゃあね。生き物に罪はないよ。……自分で世話しようとは思わないけど」

高槻は、優斗が出て行った扉を見やって笑った。

「優斗は、昔から優しい子だったんだよ。――可愛くて頑張り屋の、僕の自慢の従弟なんだ」

高槻の言葉に、尚哉はそうですかとうなずいて、自分のコーヒーを口に運んだ。

今の高槻の言葉を、優斗に聞かせてやりたいなと思いながら。

第三章　紫の鏡

九月の間はなんとなく夏休みの延長線上にあったようなキャンパスの空気も、十月に突入するとさすがに通常モードに戻っていく。

とはいえ、学生達の服装はまだ夏モードのままだ。季節的には秋なのだろうが、近頃の日本はどうにも夏と秋の境目が曖昧《あいまい》で、夏の暑さを薄めたようなぬるい空気はわざわざ秋物の服を出す気をなくさせる。中庭を見渡しても半袖《はんそで》姿の者ばかりだ。夕方、陽が落ちる早さにびっくりして初めて、ああ今はもう秋なんだなと思う。

さして意識もしないまま時は流れ、季節はいつの間にか移り変わっていくのだ。

「――はい、というわけで、今日のテーマは、期限付きの怪談について。主に『紫《むらさき》鏡《かがみ》』を取り上げてみようと思います！」

教壇に立った高槻が、満面に笑みを浮かべてそう言った。

木曜四限、『現代民俗学講座Ⅰ』である。

「この話を知ってるっていう人は、どのくらいいるかな？　はい、知ってる人、挙手。あ、ほとんどの人が知ってるね。じゃあ次に、自分はもう二十歳越えましたよっていう人は挙手。……うん、この講義に出てるのは二年生が多いと思うから、まだ誕生日来てない人は二十歳になってなかったりするよね。ええと、まだ二十歳未満の人達には申し訳ないけど、今日話すのは、『二十歳まで覚えてると死ぬ』という話です」

　高槻の言い草に、学生達が吹き出した。

　尚哉の隣に座った難波が、「え、俺まだ誕生日来てないんですけど」と呟《つぶや》く。尚哉が「ご愁傷様」と言うと、恨みがましい視線で睨《にら》まれた。

「『紫鏡』あるいは『紫の鏡』として知られる都市伝説の基本パターンは、シンプルです。紫鏡、あるいは紫の鏡、という言葉を二十歳まで覚えていると死ぬ、あるいは不幸になる。バリエーションとしては他に、結婚できないとか、幽霊を見るといったものもありますね。一九九六年二月八日付の読売《よみうり》新聞がこの紫鏡の噂を取り上げていて、読者からの投稿や体験をもとに『この噂は十七年前頃に誕生したようだ』と推理しています。これを信じるなら、少なくとも一九七九年には『紫鏡』の話は発生していたことになりますね。『口裂け女』の発生が一九七八年頃ですから、当時の怪談ブームの一つといっていいのかもしれません」

　例によって楽しそうに、高槻が語る。

「この基本パターンに紫鏡という言葉の由来譚《たん》が付随する形で、様々な類話が生み出されました。配布資料に例話を載せていますが、結構長い話が多いので、後で読んでおいてください。かいつまんで幾つか紹介すると、例話①は二十歳を目前に死んでしまった女性が紫色の鏡を愛用しており、彼女の死後に厄災を起こすというもの。例話②は、いたずらで大事な手鏡を紫に塗ってしまった女の子が、いくら拭《ふ》いてもその色を落とすことができず、そのことを後悔しながら二十歳のときに病気で亡くなったというもの。死の間際まで『紫鏡、紫鏡……』と呟いていたというのが怪談っぽくていいですね。例話③は交通事故で死んだ女の子の血が愛用の鏡について紫に染まった、というものです。鏡というと女性が愛用するものというイメージがあるからか、由来譚に登場するのは少女や女性が多いですね。また、このことから、この都市伝説の語り手となっていたのが主に女子だったのではないかと考えることができます」

怪談や都市伝説を研究する際は、その話の担い手がどんな層なのかを考えることが大事なのだという。

『紫鏡』の場合、主に女性で、そして子供だろう。こうした怪談は、学校、特に小学校の中で語られることが多い。

尚哉がこの怪談を聞いたのも、小学校の頃だ。休み時間に女子達が話していたのを横で聞いたのだ。あのとき、二日もせずに『紫鏡』の話はクラス中を席巻《せっけん》した。

「しかし、やはりこうした由来譚は、後付けされたものと考えるのが妥当でしょうね。だからこそ、これだけバリエーション豊かで、しかも物語性のある話が多い。——本来、『紫鏡』という言葉には意味などなかったはずです。全く正体のわからない言葉として、『ねえ、紫鏡って知ってる？』という問いかけから始めるのが、もともとの形だった。

問いかけられた相手は当然そんな言葉は知りませんから、『どういう意味なの？』と尋ねるでしょう。語り手は、その問いに答えることなく、ただ『この言葉を二十歳まで覚えてると死んじゃうんだって！』と言う。聞き手は突然呪いをかけられてショックを受けるわけです。忘れようと思えば思うほど頭から離れなくなって、数日悩まされる」

高槻が軽く肩をすくめて笑う。

尚哉の小学校でもそうだった。この怪談が流行《はや》ったとき、誰もが必死に忘れようとした。けれど、何日かして、ようやく皆が忘れかけた頃に、男子の一人がわざと「紫鏡」と皆に聞こえるように呟いた。

大騒ぎになった。

誰もが「何で言うんだよ！」とそいつを非難した。泣き出す女子もいた。あのとき、尚哉のクラスでは、間違いなく紫鏡の呪いは存在することになっていたのだ。

教室の中をぐるりと見回し、高槻が言った。

「僕達は、何かしら意味を持っていそうな言葉には、必ず意味があるのだと思いがちです。実は何の意味もない言葉であっても、そこに意味を求めてしまうし、その言葉の背景を想像してしまう。その心理をついたのが、この『紫鏡』の怪談です。最近だと、『鮫《さめ》島《じま》事件』という都市伝説がありますね。これは別に覚えていたところで呪いがかかるわけではありませんが、いかにも意味ありげな言葉にさもすごい背景があるかのように語る形式は、『紫鏡』の根幹を形成している心理に近いものがあります」

高槻の話を聞きながら、成程《なるほど》、と尚哉は思う。

『鮫島事件』というのは、一種のジョークだ。ネットの掲示板に『伝説の「鮫島スレ」について語ろう』というスレッドが立てられたことから始まったネタで、何らかの事情で隠蔽《いんぺい》されたとてつもなく恐ろしい事件であるかのように語るのがお約束となっている。「あれはひどい事件だった」などと言いつつ、誰もその内容については明らかにしない。鮫島事件、などというものは本当は存在しないからだ。

内容不明の架空の事件を訳知り顔で語るのが楽しいのか、『鮫島事件』という言葉は今でも時折ネットのあちこちに現れる。『紫鏡』も『鮫島事件』も、いかにも意味ありげな響きの言葉であるがゆえに人の興味を引き、想像をかき立てる。その想像が、本当は中身などないからっぽな言葉を怪談に作り替えてしまうのだ。

高槻が続ける。

「『紫鏡』の話に設けられている『二十歳まで覚えていると』という期限については、十五歳、二十三歳、二十四歳などのバリエーションがわずかに存在します。が、やはり二十歳までとしている話が圧倒的に多い。これはやはり、成人、つまり大人になるまでに忘れろということに意味があるからでしょう。『紫鏡』の話を最も恐れるのは、小学校の中・高学年から中学生くらいまでだといいます。そのくらいの年頃の子供達にとって、二十歳というのはまだ想像もつかないくらい先のことです。大人になった自分というのを、漠然としか思い描けない。だから逆に、二十歳という年齢をとてつもなく重要なものとして捉《とら》えてしまう。――これが高校生とか大学生になると、もうあと数年で二十歳ですからね。よしじゃあ覚えておいて噂が本当かどうか確かめてやる、というくらいの心持ちになる人が多いようです。まあ、ちょうど明日が二十歳の誕生日です、という人は、ちょっとどきどきしてしまうかもしれませんが」

尚哉の隣で、難波がどきりとしたとでもいうように胸を押さえる。「誕生日いつ？」と尚哉が尋ねると、「明後日《あさって》……」という言葉が返ってきた。それは本当にご愁傷様だ。

と、教壇の高槻がにっこり笑って、

「ちなみに、僕がこの話を初めて知ったのは小学生のときです。それからずっと覚えていたし、大学に入って民俗学の研究を始めたときにもおさらいしました。さっき挙手してくれた、この話を知っていて、もう二十歳を過ぎているという人達と同じく、この『紫鏡』が単なる噂に過ぎないということの生きた証人です」

難波がほっとした顔をする。いやお前まさか本当に気にしていたのかと、尚哉は呆《あき》れた顔で難波を見やる。そういうポーズとしてやっているのだと思っていた。

難波の顔を見ていたらしい高槻が、ぷっと小さく笑う。

「まあでも、作り話だとわかっていても、『あなたは死にます』と言われるのは嫌なものです。呪われたような気分になる。こうした怪談の語り手である子供達は、日々呪いを発生させている。しかし、そこには、本来『呪い』というものが持っているはずの、誰かを本当に不幸にしたいという悪意は存在しません。子供達にとって、怪談や呪いは、コミュニケーションのツールの一つだからです。教室の中で、林間学校に向かうバスの中で、修学旅行で泊まった旅館の一室で、彼らは好きな子の名前を教え合うのと同じ感覚で、互いに呪い呪われる。こうして怪談は日々その数を増やし、新たなバリエーションを生んで発展する。——恋バナと同列なわけですから、やっぱり怪談というのは誰でもわくわくするものなんでしょうね！　その気持ちはすごーくよくわかりますね！」

目をきらきらさせながら、高槻が言う。

怪談でわくわくするかどうかは人によるんじゃないかなあと、たぶん教室にいる誰もが思ったはずだ。

高槻の講義が終わって、帰り支度をしていた尚哉に、難波が話しかけてきた。

「深町くーん。明後日お誕生日を迎えるボクに、誕生日プレゼントとして今日の二限のノートを見せてくれる気ないー？」

「……いいけど。お前、マジでそろそろ講義出ろよ」

ファイルから該当講義のルーズリーフをはずして渡しながら、尚哉は言う。

難波はいそいそとルーズリーフを自分の鞄《かばん》にしまいながら、

「いっぺんサボると癖がついちまうよな、体がついてかないっていうか。老化かな」

「俺より数か月若いだろうがお前は。あの講義、たまに出欠とるから気をつけろよ」

「へいへい。——あっ、そーだ聞いて聞いて！　俺な、とうとう免許とった！」

「えっ。車の？」

「そう。オートマ限定だけど」

難波がVサインを作ってみせる。

「え、免許見たい。持ってるんだろ？」

「やだ。写真変だから。深町は免許取らねーの？　学生のうちの方が安いぞ」

「うーん……あった方がいいとは思うんだけど」

尚哉は渋い顔で首をひねる。

先のことを思えば絶対に取っておいた方がいいとは思うが、費用を見ると二の足を踏むのだ。他の学生の話を聞いていると、親に出してもらっている者も多いようだが、普段連絡しないのに金の無心だけするのも気がひける。

「なんか二年のうちに取っといた方がいい気がしてさあ。三年になったら、就職活動関係が色々始まっちまうかもじゃん？　今のうちのがキモチ的にも余裕あるかなって」

難波が珍しく真面目なことを言う。

意外と先のことを考えてるんだなと、尚哉はちょっと難波を見直した。ならば講義にもちゃんと出ろよとも思ったが。

「難波は、行きたい業界とか会社とかもう決めてるのか？」

「いや、まだあんまり。深町は？　インターンとか考えてる？」

「……俺は、狙うなら公務員かなあって思ってて」

「お。手堅い。でも何で？」

「いや……一般企業より面接少ないって聞いて」

なんとなく自分の耳に手をやりながら、尚哉は言う。

就職活動関係のあれこれの話を聞いていると、やっぱり面接がネックだなと思うのだ。圧迫面接やら何やらでメンタルをやられるという話も多いが、それ以前に、尚哉の場合、下手をしたら会場で倒れる可能性がある。面接官も、合同面接で一緒に話す学生も、嘘偽りない言葉ばかりで喋《しゃべ》ってくれるとは限らないのだ。

この辺りのことについては、人生の先輩である遠山にあらためて相談してみようと思っている。前に「就職先に困ったらうちの事務所で働けばいい」と冗談交じりに言われたことがあるが、完全文系の自分が建築設計事務所に入ったところで、バイト以上の働きができるとも思えない。ちなみに高槻に相談したら、「院に来れば？」と気軽に言われたが、それはそれで金が要るし、院を出たところで就職に困るという話も聞く。

難波が言った。

「でもさー、就職活動とか想像もつかないよなーまだ。てゆーか、大学出た後の自分がまだ全然イメージできねえ」

「確かにな」

先のことなんてわからないとは言うけれど。

時間は待ったなしで流れていくくせに、未来なんてあっという間に現在に置き換わるくせに、来年の自分さえうまく想像できないのだ。

まして十年後、二十年後の自分なんて、もっと想像できない。子供の頃に「二十歳になるまで覚えてたら死ぬ」と言われてあんなに怯《おび》えたのに、たぶん今「四十歳になるまで覚えてたら死ぬ」と言われても「そもそもそれまで生きてるかもわからないし」と答えてしまいそうだ。未来は相変わらず不鮮明だが、子供の頃ほど先の自分に期待をしないせいか、なるようにしかならないんだろうなという諦《あきら》めに似た気持ちの方が強い。

と、尚哉のポケットで、スマホが震えた。

取り出してみると、高槻からのメールだった。

「あ、悪い。バイト入った」

「おー。頑張れよー」

「うん。じゃあな」

難波に手を振って、教室を後にする。

来年の自分なんて想像がつかないけれど、これだけは確かな気がする。

きっと自分は来年も、なんだかんだで高槻のバイトを引き受けていることだろう。

研究室を訪れると、やたらと上機嫌な高槻が、にこにこしながらノートパソコンを差し出してきた。

「いらっしゃい、深町くん！　今回の依頼はね、今日の講義内容とダイレクトにかぶるよ。というか、この依頼がきてたから、今日の講義のネタにしてみたんだけど」

「え、まさか『鮫島事件』ですか？」

「違う違う、『紫鏡』の方」

高槻が立ち上がり、いつものように飲み物の用意をし始める。

尚哉はパイプ椅子に腰を下ろし、パソコンに表示されたメールに目を通した。

やはり今回も、『隣のハナシ』のメールフォームを通してきたものらしい。

『はじめまして。突然メールしてすみません。

紫鏡、という言葉について調べていて、このサイトを見つけました。

いろいろなパターンの紫鏡の話があることがわかり、とても興味深かったです。

今回メールしたのは、私の家に紫鏡があるからです。

うちは浅草《あさくさ》で昔から旅館をしており、古いものもたくさんあります。

その一つが、紫鏡という名前の鏡です。

実際、私を産んだ母は、この鏡のせいで、私が子供の頃に消えてしまいました。

もしよかったら、これが本物の紫鏡なのかどうか、調べに来てくれませんか。

私は今、十九歳なんです。二十歳になるまで紫鏡のことを覚えていたら死ぬ、という

このサイトに載ってる話がとても怖くて、夜も眠れません。

どうぞお願いいたします』

メールを読み終えた尚哉は、なんとも言えない気分で顔を上げた。

家に紫鏡がある、というのは一体どういうことなのだろう。

先程の講義によれば、『紫鏡』という言葉には何の意味もなかったはずだ。

「面白いメールでしょう?」

尚哉の前にコーヒーの入ったマグカップを置きながら、高槻が言った。

「一般的な『紫鏡』の都市伝説で、現物の鏡が出てくることはまずない。あれはあくまで話の中だけのものであって、『これがその紫鏡ですよ』と現実にある鏡を示す必要はないんだ。にもかかわらず、彼女の家には紫鏡という名前の鏡があるというんだからね。これは気になるよね!」

「ていうか、お母さんが消えてしまったって書いてあるんですけど……どういうことなんでしょうか?」

「『紫鏡』は、覚えてると死ぬっていう話が一番多いんだけど、バリエーションの一つとして、いなくなってしまう話というのもあるよ。今日の講義資料だと、一つめの例話に挙げたのがそうだ」

言われて、尚哉は鞄から今日の講義資料を取り出す。後で読んでおけと言われたので、講義中はざっとしか読まなかったのだ。

例話①は、こんな話だった。

『終戦直後のこと、もうすぐ二十歳になる女性が楽しみにしていた成人式を前に死亡した。その女性は日頃から紫色の鏡を愛用しており、とても大切にしていたが、なぜかその鏡は彼女の死後見つかることはなかった。

成人式当日、その女性の知人が行方不明になるという事件が起こり、その人の部屋の床に紫色の鏡がぽつんと置かれていた。

「ムラサキノカガミ」という言葉を二十歳まで忘れずにいると、この知人のように鏡の持ち主の女性を呼び寄せ、鏡の中の彼女の世界へ連れて行かれてしまうという』

話というものは語られるうちに変化する。話の根幹部分さえ守れば、その他の部分は変えてもかまわないのだ。だから語り手によって、より怖く、より面白い形に改変されていく。そうして怪談や都市伝説には、多くのバリエーションが生まれる。

覚えていたら具体的にどうなるか、というくだりは、『紫鏡』の話において、語り手が好きに変えてしまって問題ない箇所だ。要は何らかの不幸が訪れさえすればいいのだから。この例話の場合、『ムラサキノカガミ』の言葉の由来譚《たん》に引きずられる形で、『鏡の中の世界に連れて行かれる』となったのだろう。死ぬ、という話が最も多いというから、これはパターンとしては少数派だ。

しかし——このメールの主の母親は、紫鏡のせいで消えてしまったというのだ。

「鏡の中の世界へ連れて行かれてしまう、という部分は、『紫鏡』に含まれる『鏡』という言葉から喚起されたイメージだろうね。もともと鏡には、この世ではないもの、異界が映ると信じられていたんだ」

マシュマロココアの入ったマグカップを口に運びながら、高槻が言った。

「鏡に映る異界は様々だよ。たとえば平安時代に書かれた『更級日記《さらしなにっき》』には、娘の将来を心配する母親が一尺の鏡を作らせたというエピソードがある。神託を受けて鏡を覗《のぞ》くと、そこに自分の娘の夫が亡くなる場面、つまり未来が映っていたんだ。鏡に未来が映るというと、現代の都市伝説でもよくあるよね。『深夜零時に合わせ鏡を覗くと、自分の死に顔が映る』とか、『真夜中に剃刀《かみそり》をくわえて水を張った洗面器を覗くと、将来の結婚相手の顔が見える』とか。洗面器の場合は水鏡《みずかがみ》だけど、鏡に未来が映るという話は多い。今目の前にある現実の光景ではない、という意味で、未来もまた異界の一つに含まれるんだ」

「過去を映すやつもありますよね。確か地獄の閻魔《えんま》様が持ってる、死者の生前の行いを映すとかいう鏡……何て言いましたっけ」

「浄玻璃《じょうはり》鏡だね。そう、あれは過去を映す鏡だ。——そして、過去でも未来でもない場所にも鏡は通じる。『紫鏡』に限らず、鏡の中に引き込まれるという話は多い。鏡は異界に向けた窓であり、扉でもあるということだ。もし鏡を通り抜けて向こう側に行ってしまったら、こちら側にいる自分は消え去ってしまう。……この依頼人の母親は、一体どこに行ってしまったんだろうねえ？」

　くす、と高槻が小さく笑う。

　その瞳《ひとみ》がかすかに青みを帯びた気がして、尚哉は少し身構える。

けれど、ぱちりと一度まばたきをした高槻の瞳は、普段通りの焦げ茶色に戻っていた。

ゴールデンレトリーバーを思わせる人懐こい笑みを浮かべて、高槻はわくわくとした口調で言った。

「深町くんさえ良ければ、一緒にこの子の話を聞きに行こうよ。そして、彼女の家にあるという紫鏡を見せてもらおう。だって、こんな機会なかなかないよ？　実物の紫鏡だなんてさ！　河童《かっぱ》のミイラを見せてもらうよりも胸が弾むよね！」


依頼人とは、その週の土曜に会うことが決まった。

直接旅館に乗り込む前にまずは話をということになり、待ち合わせには浅草駅前のコーヒーショップを指定された。観光地だけあって店内は混み合っていたが、高槻と尚哉が店に入るとすぐに、奥のテーブル席からこっちに向けてぶんぶんと手が振られた。

カウンターで飲み物を買い、そちらに近寄ると、依頼人はぱっと席から立ち上がった。すとんとした癖のない黒髪を肩の上で斜めに切りそろえ、小柄な体にぶかぶかのシャツと色落ちしたデニムを合わせている。

「あの、えっと、高槻彰良先生、ですよね？」

「はい、青和大学の高槻です。こちらは助手の深町くん。君が、メールをくれた松井《まつい》志《し》穂《ほ》さんだね？」

「そうです。今日はよろしくお願いいたします！」

膝頭《ひざがしら》に手を当てるようにして、志穂は勢いよく高槻に頭を下げた。

それから、ざわざわした店内の喧騒《けんそう》を気にするようにちょっと周りに視線をやり、苦笑を浮かべる。

「……せっかく浅草まで来てもらったのに、チェーンのコーヒーショップに呼び出してごめんなさい。雰囲気の良い喫茶店とかもあるんですけど、そういうところは結構並ばないと入れなかったりするし、それに……店長さんが、うちの父と知り合いだったりすることも多いんで。私が知らない男の人に変な相談してるって思われるの、ちょっと困るんです」

老舗《しにせ》旅館の娘としては、周囲の目を気にせざるをえないらしい。確かにここなら、店の者に会話を聞かれることもないだろうし、気軽に話せるのだろう。

「それは別にかまわないよ。今日は、松井さんの相談を聞きに来ただけだからね。浅草の素敵なお店は、後日また観光で来ればいい。ああでも、オススメのお店があるなら、あとで教えてくれると嬉《うれ》しいな」

高槻がにっこりと笑って言う。

その笑みにほっとしたように、志穂の肩から力が抜けた。やっぱり少し緊張していたらしい。

「それじゃ、話を聞かせてもらってもいいかな？」

高槻がそう促すと、志穂は一つうなずいて、話し始めた。

「えっと、うちにある鏡の話、なんですけど。その前に、私の家の決まりの話からしてもいいですか？」

「うん？　勿論《もちろん》いいけど、どんな決まりなの？」

「あの……私の家、ちょっとおかしな決まりが昔からあって。それが――『奥の納戸には、家長以外は入ってはならない』っていうやつなんです」

「奥の納戸？」

「一階の奥に、納戸があるんです。普段あんまり使わないような古い食器とか、昔の着物とかがしまってあるらしくて。だから基本的に入る必要のない部屋ではあるんですけど……とにかくその部屋には、家長以外は入ったら駄目ってことになってます。今の家長は父なので、それ以外の人は誰も入りません。家族も、旅館で働いている人もです。それで、入ったら駄目な理由が――その鏡があるからなんです」

「部屋に入ってはいけないということは、君はその鏡を見たことはないのかな？」

「あ、いえ、たまに換気や湿気取りのために戸を開けておくことがあるので、部屋の外から見たことならあります」

「あるのか！　それはどんな鏡なのかな？」

高槻がぐっと身を乗り出す。

志穂は驚いたように少し身を引いて、

「えっと、紫の布が掛かった、和風の古い姿見です」

「姿見？　手鏡じゃなく？」

「はい。全身が映るくらいの大きさの、長方形の鏡です。あの、引き出しとかがついたいわゆる鏡台とは違って、鏡だけ。下に木製の台座があります」

「へえ……そうなんだ」

志穂の話を聞きながら、高槻は軽く指で己の顎《あご》をなでる。

尚哉は尋ねた。

「先生、どうかしたんですか？」

「あ、いや……姿見だったというのが、ちょっと意外でね。一般的に、『紫鏡』の話に出てくる鏡は、手鏡なんだよ」

高槻が言う。

「『紫鏡』という言葉の由来譚として語られるエピソードでは、鏡を大事にしていた少女や女性の死が語られるものが多いんだけど、手鏡ときっぱり言っているものがほとんどだ。手鏡という言葉を使わずに単に鏡としている話でも、肌身離さず持ち歩いていたとか、箪笥《たんす》にしまわれていたという描写が入る。だからやっぱり、手鏡や小さな鏡なんだよ。――勿論、そうした話は『紫鏡』という言葉から想像して後付けで作られたものだろうから、あまり意味はないんだけど……でも、やっぱり松井さんの家にある鏡は、一般的な『紫鏡』の例話からははずれるようだね」

それから高槻は志穂の方を向いて、

「ごめん、話が逸《そ》れたね。――その鏡は、普段から紫鏡と呼ばれているの？」

「あ、いえ、普段は鏡としか呼ばれてないです。一応うちの家宝らしいんですけど、そもそもその鏡が話題に上ることって滅多にないんですよね。奥の納戸には入っちゃ駄目、以上、って感じで」

「じゃあどうして、それが紫鏡だと君は思うんだい？」

「……母が、そう言ったからです」

志穂はそう言って、一旦《いったん》口をつぐんだ。

きゅっと唇を噛《か》むようにしてから、再び口を開く。

「私が小さい頃に、母が納戸の戸を指差して、『あのお部屋で遊んじゃ駄目よ』って言ったんです。どうしてって私が尋ねたら、『紫鏡があるから』って教えてくれて。それから母は、ふふって笑って、『紫鏡、という言葉を二十歳まで覚えてたら死んじゃうから気をつけて』って言ったんです。私、びっくりしちゃって、怖くて泣いたのを覚えてます」

それは典型的な『紫鏡』の語り方だ。二十歳まで覚えていたら死ぬ、という宣告。

志穂は少し目を伏せて、話を続けた。

「……母が消えたのは、私が七歳のときです」

小学校から帰ってきた志穂は、母の姿が見当たらないことに気づいたのだという。

ランドセルを置き、母を捜して家の中を歩き回った。

志穂の家は、一階部分の半分が、家族と従業員のための住居になっている。住居部分の真ん中には内庭があり、件《くだん》の納戸はその庭に面していた。

台所や居間を覗き、やがて内庭にたどり着いた志穂は、庭を挟んで反対側にある納戸に母が一人で入っていくのを、確かに見た。

入っちゃいけないはずなのに変だな、とは思ったらしい。

だが、覗《のぞ》きに行くわけにもいかない。何しろその部屋には、入ってはいけないのだ。

だから志穂は、内庭で遊びながら待つことにしたのだという。

しかし、母は納戸からなかなか出てこなかった。

「そのうちに父がやってきて、母はどこにいる、と訊《き》いてきました。私は、あのお部屋にいる、と納戸を指差しました。……そしたら途端に父の顔色が変わって」

志穂の父は大股《おおまた》に廊下を歩き、奥の納戸の戸に手をかけた。

志穂はそれを、内庭から見ていた。

父が戸を開け放ち――しかし、そこに母の姿はなかった。

代わりに見えたのは、鏡だった。

「いつも布が掛かっていたはずなんですけど、その日は布はなくて……ちょうど西日が当たってたせいか、赤く光って見えて、なんだか怖くて……私、父に声をかけたんです。『お母さんは？』って。そしたら」

父は、志穂がいる内庭に、履き物も履かずに裸足《はだし》で降りてくると、志穂の肩をつかんで言った。

――「このことは忘れなさい」、と。

志穂はもう一度納戸の方を見た。

やっぱり何度見ても、母の姿はなかった。

それは、とてもおかしなことだった。

だって、母がその部屋に入るのを、志穂は間違いなく見たのだ。そして、庭で遊びながら、母が出てくるのをずっと待っていた。

父が開け放つまで、納戸の戸はずっと閉まっていた。

そして、納戸の中には、他に出入口などない。

にもかかわらず、志穂の母は、まるで煙のように納戸から消え失《う》せてしまった。

……あの鏡のせいだ。そう思ったのは、半ば本能的なものだった。

やっぱりあの部屋には入ってはいけなかったのだ。紫鏡があるから。

「母はあの鏡に消されてしまったんです。やっぱりあの鏡は呪われた『紫鏡』で、二十歳になる前に見たことも言葉も忘れないと、私も母みたいに消えちゃうのかなって思って……だから父もあのとき忘れろって言ったような気がするんです。私、怖くて」

急に寒気でも感じたのか、志穂が己の体を抱くように腕を回し、小さな肩を震わせてうつむく。

そのときだった。

高槻が、口を開いた。

「松井さん」

柔らかく澄んだ声は、雑然とした店内の喧騒《けんそう》のちょうど間隙《かんげき》を突き、その甘い響きに誘われたように志穂が顔を上げる。……あ、やばい、と尚哉は思う。高槻が志穂に向かって、握手を求めるように右手を差しのべた。よく整ったその顔には、理知的な微笑みが浮かんでいる。

志穂は戸惑ったような目をしつつも、自分も右手を出した。

高槻はテーブルに身を乗り出すようにして志穂の手を両手で握り、そのまま愛の告白でもするかのような口調で、

「実に素晴らし——わぶっ」

「はい、そこまでです」

何か言いかけたその顔の真ん中に手のひらを当て、尚哉は高槻を強引に引き戻した。半ば席から浮いていた高槻の尻《しり》がどすんと座面に戻り、高槻は鼻を押さえて涙目で尚哉の方を向く。鼻は急所だ。いきなり叩《たた》かれると結構痛い。

「ふ、深町くん、急に何するんだい君は！」

「だから日本では握手もハグもそんなに根付いてないって、何度言えば覚えるんですか！　ていうかここ、松井さんの知り合いがいるかもしれない場所なんですから、あんまり変なことするのやめましょうね！」

地元老舗《しにせ》旅館の娘さんの手を見知らぬイケメンが情熱的に握りしめていたなどという噂がその辺を駆け巡ったら、志穂に申し訳ない。

高槻は飛びかけた理性を取り戻した様子で、はっと志穂の方を振り返った。

志穂は何この人達という顔で、椅子の背もたれに張りつくようにしている。

高槻はあわあわと慌てながら、

「あ、ご、ごめんねっ、ちょっと今、君の話があんまりにも素晴らしかったものだから、僕の理性が飛びかけて！」

「ええっ、理性ってそんな簡単に飛ぶんですかっ？」

「飛びかけたけどもう戻ってきたから大丈夫！　本当に失礼しました、ごめんなさい」

高槻が志穂に詫《わ》びる。志穂は困惑した顔で、高槻と尚哉を見比べる。とりあえず尚哉も、うちの先生が失礼しましたという意味で頭を下げておく。

高槻が一つ咳払《せきばら》いした。

「――ええと、松井さん。とりあえず、今言えることから順番にいこうか」

まだちょっと鼻は赤いが、その表情は落ち着いている。

高槻は志穂を見つめ、言った。

「まず、君の家に伝わる紫鏡は、やっぱり一般的な『紫鏡』の話からはかけ離れたもののように思える。だから、二十歳になる前に忘れないと云々《うんぬん》ということについては、気にしなくていいよ」

「え、でも」

志穂が疑わしげな顔をする。

「母は確かに『二十歳まで覚えてたら死んじゃう』って言いましたし、父も『忘れろ』と言ったんですよ？」

「失踪《しっそう》したとき、松井さんのお母様が何歳だったか覚えてる？」

「え？　たぶん、三十過ぎ……あ」

志穂が、そうか、という顔をする。

二十歳までに、という条件が付いている以上、『紫鏡』の呪いが降りかかる年齢は二十と決まっているのだ。ならば、三十過ぎの志穂の母親が、鏡の呪いで消えたと考えるのは無理がある。

「とはいえ、松井さんのお母様がなぜ消えたのかということについては、今のところわからない。お父様がなぜ『忘れろ』と言ったのかもね。——というわけで、松井さん。やっぱりこれ以上は、現物を見ないことにはどうしようもないと思うんだ。そろそろ紫鏡を見におうちに伺ってもいいかな？　差し支えなければ、お父様や旅館の方にもちょっと話を聞いてみたいな」

にっこり笑って、高槻はそう言った。

志穂の家である旅館は、仲見世《なかみせ》通りの近くにあるという。

仲見世通りは、浅草寺《せんそうじ》の参道にあたる商店街だ。雷門《かみなりもん》から真っ直ぐのびた石畳の道の両側に、菓子や土産物、下駄やかんざしや玩具《おもちゃ》など、様々な物を売る店が賑《にぎ》やかに立ち並んでいる。着物のレンタルをしている店があるのか、半ばコスプレめいた着物姿の人々も目についた。途中で立ち止まっては写真を撮り、あるいは買い食いする人々で、通りはひどくごった返している。外国人観光客の姿も多い。

そんな仲見世通りをしばらく進み、途中で角を曲がって脇道に入った先に、志穂の家はあった。町屋のような外観の和風旅館で、こぢんまりしているがなかなかに趣がある。志穂が言うには、曾祖父《そうそふ》の代からここで旅館を経営しているそうだ。

「――あの。中に入る前に一つお願いがあるんですけど、いいですか？」

突然志穂が高槻と尚哉に向き直り、そんなことを言い出した。

「実は私、最近父と折り合いが良くないんです。父は私に旅館を継がせたいみたいなんですけど、私はその気がないっていうか……できればいずれ家を出たいと思ってて」

若干言いづらそうに、志穂が言う。

「紫鏡の調査のためによその大学の先生を呼んだなんて言ったら、父になんて言われるかわからなくて……だから、今日先生がここに来たのは、先生が浅草の研究をしてるからってことにしておいてくれませんか？」

「うん、まあ、いいけど……」

高槻がちらと尚哉に目を向ける。嘘をつくことになるがいいかと確認しているらしい。やむをえないと思ったので、尚哉はうなずいておいた。確かに、オカルトじみた相談のためによその大学の准教授を呼んだなどとは、なかなか親には言えないかもしれない。

志穂が入口の格子戸を開けると、入ってすぐのところがフロントになっていた。浮世絵や提灯《ちょうちん》などが飾られた旅館の中は江戸情緒にあふれていて、フロントの横では外国人観光客が喜びそうな江戸小物なども売られている。

フロントの中にいた着物姿の女性が顔を上げ、志穂を見た。

「おかえり、志穂。そちらの方々は？」

「ただいま、おかーさん」

志穂が言う。

え、と尚哉は思う。志穂の母は失踪したのではなかったのか。

志穂が小声で説明した。

「うちの父、再婚したの。私が中学のときに」

成程《なるほど》、と思いつつ、あらためて女性を見る。

志穂の母親とするにはやや若い感じがするが、着物姿も和風にまとめた髪型も、なかなか堂に入っていた。旅館の女将《おかみ》、と言われて納得できる雰囲気である。

「おかーさん。こちら、大学の先生で、高槻先生。浅草の研究してて、せっかくだからうちにも寄ってもらったの。奥に入ってもらってもいいよね？」

志穂が女性に高槻を紹介する。上手《うま》い言い方だ。「大学の先生」と言ってしまえば、聞いた相手は普通は志穂が通う大学の先生だと思うだろう。

着物姿の女性は高槻に向かってお辞儀して、

「あらあらどうも、娘がお世話になっております。ごゆっくりどうぞ。――志穂、奈津《なつ》子《こ》さんが台所にいると思うから、お茶入れてもらって」

「はーい。あ、ねえ、おかーさん。今って、お父さんいる？」

「今ちょっと出てるけど、何か用だった？」

「ううん、いいの。いない方がいいし」

「志穂。あんたまたそんなこと言って」

着物姿の女性が渋い顔をする。志穂がぺろりと舌を出してみせた。父親とは折り合いが悪いと言っていたが、継母であるこちらの女性とは仲が良いらしい。

「それじゃ先生、中入って」

志穂が、フロントの横の戸を開けて手招きした。『従業員専用』と書かれたその戸の奥は、住居になっているようだ。戸を開けてすぐのところで靴を脱ぎ、板張りの廊下を踏んで中に上がる。

「とりあえず、お父さんいない間に納戸を見に行っちゃいましょう。こっちです」

志穂の案内に従って廊下を奥へ進んでいくと、志穂が言っていた内庭に出た。庭は一方を塀に、残り三方を家の廊下に囲まれた形で、古めかしい石灯籠《いしどうろう》が置かれ、苔《こけ》むした石に囲まれた小さな池の中では赤い金魚が何匹も泳いでいた。

「あれが、問題の納戸です」

志穂が指差したのは、今立っている位置からは庭を挟んでちょうど向かいにあたる場所だった。庭に植えられた木に半ば隠れるようにして、古そうな二枚戸に閉ざされた部屋があるのが見える。

庭の周りをぐるりと回る形で廊下を進み、納戸の前にたどり着いた。

黒ずんだ木の引き戸はぴったりと閉じられており、いかにも開かずの間という雰囲気を醸し出していた。納戸の前の廊下だけ心なしか薄暗いような気がするのは、ちょうど戸の前に植えられた庭木で陰になっているせいだろう。庭木に沿って目を動かしていくと、庭の隅、外の道に面していると思《おぼ》しき塀の一角に、小さな戸がついているのが見えた。閂《かんぬき》で中から閉ざしてあるが、一応ここから外に出られるようだ。

と、志穂がぎょっとした声を上げた。

「ちょ、ちょっと、高槻先生!?」

庭を見ていた尚哉が視線を戻すと、高槻が引き戸に手をかけていた。

「あ、別に鍵《かぎ》はかかってないんだねえ。普通に開く」

尚哉は慌てて、

「先生、勝手に開けたらまずいですよ！」

「大丈夫、入っちゃ駄目な部屋なんでしょう？　入らないで、外から見るだけだよ」

そんな詭《き》弁《べん》が通るのだろうかと思うが、高槻はがらがらと戸を引き開けてしまう。

――その瞬間だった。

急に空気が重くなったかのような奇妙な胸苦しさを覚えて、尚哉は思わず一歩、納戸の前から後退《あとずさ》った。何だこれ、と思う。なんだかわからないが、ものすごく嫌な感じがする。もしやこの納戸の中で毒ガスでも発生しているのではと思うような、異様なまでの空気の重さ。

なのに高槻はそんなもの全く感じていないという様子で、志穂に向かって尋ねた。

「あれが紫鏡だね？」

「はい、そうです」

先程来た方の廊下を気にしながら、志穂が答える。納戸の戸を開けているのを誰かに見られたら困ると思っているのだろう。

平然とした二人の様子に、尚哉は、どういうことだ、と思う。この異常な空気の変化を感じているのは、自分だけなのだろうか。

あまりこの場の空気を吸いたくなくて、尚哉は片手で鼻と口を覆った。恐る恐る、部屋の中に目を向ける。

六畳ほどの、畳敷きの部屋だった。随分と暗く見えるのは窓がないせいだろう。壁際には、古めかしい和箪笥《わだんす》や、桐箱を幾つも収めた木の棚が並んでいる。そうした古いものばかりをしまってある部屋なのかと思いきや、よく見れば部屋の隅には持て余した末に移動させたと思しき木彫りのクマやら博多《はかた》人形やらがそっと置かれていたりもして、普通に物置として使われている部屋なんだなと思う。この嫌な空気の源になりそうなものは特に見当たらない。

そして、例の鏡は、部屋の真ん中に置かれていた。

全身が映るくらいの、とは聞いていたが、なかなかに大きな姿見だった。おかげで部屋の中でかなりの存在感を放っている。着物の生地と思われる花模様のついた紫色の布が上からかぶせられているため、鏡面は見えない。木製の台座には複雑な透かし彫りが施されていた。奇妙なのは、鏡の前に、小さな白い陶器製の瓶子《へいじ》や小皿が置かれていることだろうか。よく神棚に置かれているのと酷似したそれらは、向こうに置かれた木彫りのクマや博多人形のように置き場に困ってとりあえずここに置いたものとは見えず、明らかにお供え物として置かれているように思えた。

高槻はしばらく部屋の入口からその鏡を眺め、それからまたがらがらと引き戸を閉めた。例の重苦しい空気が遮断され、尚哉は口元を覆っていた手を下ろして、ほっと息を吐き出す。

そんな尚哉を見て、高槻が首をかしげた。

「深町くん、どうしたの？　樟脳《しょうのう》のにおいが苦手だった？」

「樟脳？」

「防虫剤。箪笥の中とかに使ってるんじゃないかな、ちょっとにおいがしたよね」

高槻が言う。あの奇妙な胸苦しさはそのせいだったのだろうか。確かに何かにおいがするなとは思ったが。

高槻は志穂の方を向き、

「さて、部屋の中に入れない以上、鏡について直接調べるのは難しいね。次は旅館の人に話が聞きたいんだけど、誰かいるかな？　できれば、昔から勤めてる人がいいな」

「何人かいますけど……今ちょうど、客室の掃除してる時間帯だから、忙しいかも。あ、でも、台所に奈津子さんがいるっておかーさんが言ってたから、行ってみます？」

「奈津子さん？」

「うちの最古参です。お母さん……私の実の母のことも知ってます」

　志穂に連れられて、台所に移動する。

　客に出す朝食等を作る調理場は別にあるのか、さほど広くもない台所だった。着物の上から割烹着《かっぽうぎ》を着た年配の女性が、二つあるコンロの前に立って何か煮込んでいる。台所の中の空気には醤油《しょうゆ》のにおいがすっかり溶け込んでいた。

「奈津子さーん。今ちょっといいー？」

　志穂が声をかけると、奈津子が振り返った。

「おや、志穂ちゃん、帰ってたんですか」

「うん。奈津子さん、今忙しい？」

「佃煮《つくだに》を作ってるだけですよ。切らしちゃったでしょう。そちらの方々はお客さん？」

「大学の先生。と、その助手。ちょっと話を聞きたいんだって」

「話？　何でしょうねえ」

　奈津子がコンロの前を離れ、こっちにやってくる。

高槻がにっこり笑った。

「こんにちは。奈津子さんはこちらにお勤めになって長いんですか？」

「ええ、もう三十年以上いますねえ」

おっとりとした口調でそう言って、奈津子がうなずく。

「そうですか、三十年も！　それだけいたら、色々なことがあったでしょうね！」

「いえまあ、気づいたら三十年経ってただけですよう。私の前に入った人や、同じ時期に雇われた人も、だんだん辞めていってしまいましたからねえ。おかげで私が最古参なんて言われて。なんだかおばあちゃんって言われてるみたいで恥ずかしいですよ」

「そんなことはありません、この旅館のことなら誰より詳しいということですよ。誉め言葉だと思います。——ところで奈津子さんは、奥の納戸に入ったことはありますか？」

高槻が尋ねると、奈津子はとんでもないという顔で首を振った。

「ありませんよう、あそこはこちらの家長の方以外は入ったら駄目ってことになってますからね！」

「それはなぜだかご存じですか？」

「さあ、そういう決まりだって聞いてるだけですから。何かお宝でもあるんじゃないかって、従業員の間で面白おかしく話すこともありますけどねえ」

「お宝！　古い旅館ですし、何かあってもおかしくはありませんね！——ところで志穂さんの実のお母様が、失踪《しっそう》前にあの納戸にいたそうですね。家長以外入ってはいけないのに、彼女が入らなければならないような用事でもあったんでしょうか？」

おおらかに笑いながら話す奈津子に、高槻が徐々に本題を投げつけていく。

奈津子の笑顔が、わずかに強張《こわば》った。

「さあ——私に聞かれても、わからないですねえ」

ぎゅるり、と奈津子の声が歪《ゆが》み軋《きし》む。尚哉は耳に手をやった。

奈津子は知っているのだ。

志穂の母親が納戸に入らなければならなかった理由を。

奈津子の視線が、ちらと一瞬だけ志穂の方に流れた。志穂のことを気にして、答えなかったのか。

そのとき、表の方から、志穂の二番目の母の声がした。

「志穂ー、悪いんだけどちょっと来てくれなーい？」

「えー何ー？　ていうか私今お客さんいるんだけどー！」

志穂が台所から顔だけ出して、大声で返す。

「あのねー、英語のお客さんなのよー。迷子になって道が知りたいみたいなのー。おかーさんじゃちょっと無理ー！」

「えー嘘でしょー！……あーもーしょーがないなー！」

志穂がぐしゃりと前髪をかき上げ、高槻を振り返った。

「高槻先生ごめんなさい、私ちょっと行ってきます。もしかしたら、行きたいところまで連れて行ってあげないと駄目かもしれないから、時間かかるかも……」

「ああ、いいよ、こっちはこっちでやっておくから。何かわかったら、後で伝える」

「本当ごめんなさいっ、それじゃ！」

志穂が走って出て行く。

それを見送り、奈津子が言った。

「こういう旅館は、結構外国のお客さんの対応が多いんですよ。お泊まりの方以外にも、道を聞かれることがあります」

「泊まり客以外でも、道案内までされるんですか？」

「ええ。だって、せっかく遠いところから日本まで来てくださったんです。気分のいい思いをして帰っていただきたいじゃないですか。志穂ちゃんは英語が得意だから、助かります」

奈津子がそう言って、優しく目を細める。志穂のことを、まるで孫のように思っているのかもしれない。

高槻は奈津子を見つめ、言った。

「奈津子さん。本当は、志穂さんのお母様の失踪について、何かご存じなのではありませんか？」

「……何のことです？」

奈津子がぎこちなく笑った。

割烹着の裾《すそ》を引っ張りつつ、また鍋《なべ》の前に戻る。

「嫌ですよう、先生。そんな探偵か刑事みたいな口調なさって。何を調べていらっしゃるんです？」

「志穂さんが気にしてるんですよ。実のお母様の失踪の理由について。彼女は、それはあの納戸にある鏡が原因なのではないかと思っています」

「鏡？　ああ、あの、紫の布がかかった？」

「はい。志穂さんは『紫鏡』と呼んでいましたが」

「何ですか、その呼び方。そんな変な名前つけて、志穂ちゃんたら」

奈津子が肩をすくめながら、鍋を覗《のぞ》く。汁気のだいぶなくなってきた佃煮を菜箸《さいばし》でつつき、もうちょっとだなとでもいうように首を振る。

それから奈津子は、志穂が走っていった方を窺《うかが》うようにちょっと目線をやり、それから小さくため息を吐いた。

「……先生」

「はい」

「お話ししてもいいんですけどねえ、できれば志穂ちゃんには言わないであげてほしいんですよ」

奈津子が言う。

高槻がうなずいた。

「わかりました。志穂さんには伝えませんので、お話しいただけますか？」

「――あのときいなくなったのは、志穂ちゃんのお母さんだけじゃないんですよ」

放り出すような口調で、奈津子が言った。

「もう一人、当時この旅館で働いていた若い男がいなくなってるんです。……こういう言い方をしたら、もうおわかりでしょ？」

「それはつまり――駆け落ちしたということですか？」

高槻が目を細めた。

奈津子は、菜箸でつまみ上げた佃煮をぱくりと口の中に入れ、

「前々からあの二人、怪しいなあとは思ってたんですよ。よく二人で、あの納戸にこもってるのを見ましたもんで」

「家長以外は入ってはいけない、あの部屋に？」

「別に鍵《かぎ》がかかってるわけではないですからねえ。入ろうと思えば入れちゃいますよ、そりゃあ。里香《りか》さん――志穂ちゃんのお母さんですけど、その里香さんが、着物を直しながら納戸から出てくるのを見たって人もいました。そりゃあねえ、男女が二人、部屋にこもって何してたかなんて、言うまでもないことでしょ」

その言葉に、尚哉は、この話の前提条件が覆るのを感じる。

――家の一番奥にある、家長以外は入ってはいけない部屋。

それはつまり、普段人が立ち入らない場所ということでもある。

志穂の母親は、あの部屋を、不倫相手の従業員との逢瀬《おうせ》の場所にしていたのか。

「ああ……だから里香さんは普段から、幼い志穂さんに向かって、『あの部屋には入ってはいけない』と言い含めていたというわけですか」

高槻が言うと、奈津子は大げさに肩をすくめてみせた。

「そりゃあまあ、自分の娘に不倫現場なんて見られるわけにはいきませんよう。それでとうとうあの日、二人していなくなっちゃったわけですよ。旦那《だんな》様が言うには、旅館のお金も少し持ち出されていたようですし」

「……いやでも、志穂さんは、あのときずっと庭にいたって言ってましたよ。納戸の戸が開いたらわかったんじゃないですか」

思わず尚哉は口を挟む。

奈津子はひらひらと手を振って、

「そんなの！　志穂ちゃん、当時七つですよ。ずっと納戸の戸を見張ってるなんて無理ですよう。お庭の金魚に見惚《みと》れていたかもしれないし、途中でお手洗いに行ったりしたかもしれませんでしょう」

「そんな……」

だが、志穂が記憶違いをしている可能性は確かにある。

何しろ子供の頃の記憶なのだ。こうだったと思い込んで話せば、それは尚哉の耳でも聞き分けられなくなる。

高槻がため息を吐いた。

「そういえばあの納戸の前、木が茂ってたよね。当時もあの状態だったなら、確かに目隠し代わりになるかもしれない」

「え、それじゃ、志穂さんの母親の失踪《しっそう》は、あの鏡のせいなんかじゃなくて……？」

「うん。奈津子さんの言う通り、駆け落ちだったんじゃないかな。——それにほら、あの納戸から近い場所に、外に通じる戸があったでしょう。庭木を目隠し代わりに納戸から出て、あの戸から外に出て行くのは可能だったはずだ。あの戸は中から閂《かんぬき》がかかっていたから、本当にそうやって出て行ったなら、すぐにそうだとわかったはずだけどね。里香さんが『紫鏡』の話をして志穂さんの動きを封じたのは、単に里香さんが、あの納戸の鏡を見て『紫鏡』の怪談を連想したからじゃないかな」

だから、志穂の母親以外誰も、あの鏡を『紫鏡』とは呼ばなかったのだ。

——志穂の母親は、あの納戸に志穂を立ち入らせたくなかった。

だが、子供は「してはいけない」と言われると、かえってやりたがることがある。

そこで志穂の母親は、怪談が持つ恐怖を利用したのだろう。

小さな子供にとって、怖い話は、本物の恐怖を生み出す。呪いの鏡があるからと言われれば、そこには近づきもしなくなるだろう。

「うーん、思いのほかつまらない真実だったなあ……おまけにこれ、確かに彼女には言えないね。どうしようか」

高槻が尚哉を見て、苦笑した。

志穂はまだ戻らない。道に迷った外国人客を、親切に案内している最中なのだろう。何かわかったら後で伝えると言ってしまったが、今判明したことを志穂にそのまま伝えたら、きっと彼女は傷つく。いっそ母親は鏡の呪いで消えてしまったのだということにしておいた方が、若い男と不倫の末に駆け落ちしましたなんていう真実よりはましかもしれない。

そのとき、ふっと高槻が廊下の方を振り返った。

「――どなたか、そこにいらっしゃいますね？」

声を投げる。

ややあって、台所の戸口から、作務衣《さむえ》姿の小柄な中年男性が顔を覗かせた。半分白髪になった髪と、いかにも頑固そうに眉間《みけん》に寄った皺《しわ》。

奈津子があからさまにやばいという顔をして、ぐるりと鍋に向き直った。自分は関係ないですよと言わんばかりに頑《かたく》なに背を向け、佃煮《つくだに》を菜箸でつつき回す。

渋い表情でこちらを睨《にら》んでいる彼に、高槻はにっこりと笑いかけた。

「もしかして、志穂さんのお父様でいらっしゃいますか？」

高槻の問いに、男性は、無言でうなずくことで答えた。

よく見ると、どことなく顔立ちが志穂に似ている。出かけていると聞いていたが、いつの間にか帰ってきていたらしい。台所の外にいたということは、奈津子との会話を聞かれていたのだろうか。

志穂の父親が、顎《あご》をしゃくるようにして高槻に尋ねた。

「……あんたは？」

「僕は、志穂さんに頼まれて、この家にある鏡について調べに来た者です。志穂さんは、自分の産みの母の失踪は鏡の呪いだと思い込み、その呪いが自分にも降りかかるのではないかと怯《おび》えていたんですよ」

「……馬鹿なことを」

低い声で、志穂の父親が言う。

高槻が言った。

「志穂さんにとっては、自分の母親の失踪はそれほどに大きな出来事だったということですよ。謎の失踪というだけでは気持ちが収まらない。――あなたは当時、志穂さんに向かって、このことは忘れるようにと言ったそうですね。でも、志穂さんは忘れられなかったんですよ。今でも悩んでいる」

「それでも忘れてしまうべきだ。……里香はもう、二度と戻っては来ないんだから」

志穂の父親はそう言って、ため息を吐いた。

あらためて高槻を見上げ、言う。

「もう十分でしょう。どうぞお引き取りください。志穂がどう思っていようと、あいつの母親の失踪は鏡のせいなんかじゃないんですから」

突然歪《ゆが》んだ声に、尚哉はびくりとして耳を押さえた。

高槻が目を瞠《みは》る。

尚哉の肩に手を置き、高槻は、志穂の父親に向かって尋ねた。

「あなたは、里香さんの失踪について、真実を知っているんですか?」

「知ってますとも。——さっきの話の通り、恥ずかしながら、駆け落ちです」

「里香さんの失踪は、あの鏡のせいなのではありませんか?」

「だから、さっきから言っているでしょう。鏡は何も関係ありません。里香は、従業員の男と一緒に、旅館の金を持ってどこかへ逃げたんですよ。里香が消えたとき、庭の隅の戸の閂がはずされてましたからね。間違いないです」

——嘘だ。

志穂の父親は、嘘を言っている。

だが、これは一体どういうことなのだろう。

尚哉は手で耳を押さえたまま、志穂の父親を見つめた。

志穂の母親の失踪について、彼は真実を知っている。

志穂の母親の失踪は、駆け落ちではない。

志穂の母親の失踪は——鏡のせい、だというのか。

そのとき、高槻が笑った。声を上げて。

「ははは っ……あははは、そう、そうですか、そういうことですか……!」

　尚哉はその顔を見上げて、背筋にぞくりとしたものを感じる。

　それから高槻はふっと笑いを収めて、志穂の父親を見た。

「松井さん。お願いがあります」

　高槻の方が、志穂の父親よりも随分背が高い。まるで上から覆いかぶさるようにして、高槻は志穂の父親の顔を間近から覗《のぞ》き込む。

「僕に、あの鏡を見せていただけませんか？」

「……なぜですか」

　志穂の父親が怯《ひる》んだように少し身を引く。

　しかし、高槻は気にせずさらに顔を寄せる。

「真実が知りたいからです。あの鏡に、そしてこの旅館にまつわる真実が」

　ふいに高槻の瞳《ひとみ》が青く変わった。志穂の父親が息を呑《の》む。

　昏《くら》く深い藍《あい》の色に染まった高槻の瞳が、志穂の父親の瞳を覗き込む。

「あなたは知っているんでしょう。あの鏡が本当は何なのか。あの納戸は、家長以外入ってはいけない、という決まりだそうですね。現在の家長はあなただ。ということは、あの鏡の前にお供えをしていたのは、あなたですよね」

「そう、ですが……」

　ぎこちなく舌を動かしてそう答えながら、志穂の父親は魅入られたように高槻の瞳を見上げ続けている。自分が今見上げているものが何なのか、たぶん彼にはわかっていないだろう。高槻の瞳の奥で底なしの夜空が口をあける。目を凝らせばそこに本物の星の瞬きがあるのがはっきりとわかる。志穂の父親はその場に棒立ちになったまま、ひくりと一度体を震わせる。奈津子が何事かという顔でこちらを振り返った。だが、彼女の位置からでは、高槻の瞳は見えないだろう。奥底で本物の夜空と通じる、あの藍色の瞳には気づかない。

「ねえ、松井さん。お願いです。僕はなんとしてでも、真実にたどり着きたい。――見せてください、あの鏡を」

「……わかり、ました」

志穂の父親が、高槻の瞳を見つめたまま、呟《つぶや》くようにそう言った。

高槻がぱちりと一度まばたきする。途端、夜空の色がかき消える。

志穂の父親がはっとしたような顔で、よろりと後退《あとずさ》った。高槻が手をのばし、その腕をつかんで支える。

「どうしました？　大丈夫ですか、松井さん」

「あ……あんたは、一体」

「――さあ、奥の納戸に行きましょう」

高槻がくっきりとした笑みを唇に浮かべて言う。志穂の父親は怯えたような瞳で高槻を見上げ、その手を振り払った。

高槻が先に立ち、歩き出す。志穂の父親がその後を追うように歩く。目指す先はあの部屋だ。二人の後について歩き出しながら、しかし尚哉は行きたくないと思う。あの奇妙な胸苦しさは、もうあまり味わいたくない。

だが、高槻は長い脚ですたすた歩いて、あっという間に納戸の前にたどり着いた。

高槻が引き戸を開けた瞬間、尚哉はまたあの嫌な感じに襲われた。

やっぱり、空気が重い。平然としている高槻が信じられない。けれど、志穂の父親も特に何かを感じている様子はなかった。尚哉だけがこれを感じているらしい。だが、そんなことがあるだろうか。

高槻が納戸に足を踏み入れた。志穂の父親が後に続く。尚哉も嫌々それに続く。

少しけば立った畳の上に足をのせた途端、ざわりと心臓が震えた気がした。部屋の中の空気も、畳の感触も、何もかもが嫌で仕方がない。どうしようもなく怖くて、今すぐにでもこの場から逃げ出したくてたまらなかった。だが、その恐怖がどこから来ているのかがわからない。樟脳のにおいのせいなんかであるわけがないとは思う。

ただ、なんとなく――これに似た感覚を知っているような気がした。

「松井さん。この鏡は、一体何なんですか？」

紫の布をかぶった鏡の前に立ち、高槻が言った。

「……ただの姿見ですよ」

歪んだ声で、志穂の父親が答える。尚哉は反射的に耳を押さえる。

尚哉の顔を見た高槻が、怪訝《けげん》そうに眉《まゆ》をひそめた。尚哉の様子がおかしいことに気づいたらしい。尚哉は高槻に伝えようとする。この部屋を出た方がいいと。ここは良くないと。——だが、どうしてか言葉が喉《のど》でつかえて出てこない。

高槻はまた志穂の父親に視線を戻した。

「里香さんが消えたとき、この鏡の覆いは取れていたんですよね。……取ってもいいですか？　この布」

「いけません！」

初めて、志穂の父親がはっきりと声を荒げた。

高槻が言う。

「どうしてです？　ただの姿見なら、問題ないでしょう」

「……家長以外がその鏡に姿を映すと、影を取られてしまうと言われてるんです」

「影を取られる？」

「命を——あるいは魂を、吸い取られるという意味です」

高槻が尚哉の方に目を向ける。尚哉は首を横に振る。志穂の父親の声に歪みはない。

高槻はしばし考えるように目を伏せ、それからいきなり鏡の覆いに手をのばした。

尚哉は思わずそれを止めようとする。

「先生、やめましょう——」

遅かった。

高槻の指は紫の布をつかみ、一気に取り去っていた。

鏡が現れる。縁のない、長方形の大きな鏡だ。

染み一つない、よく磨かれた鏡面に、高槻と尚哉と志穂の父親の姿が映っている。

ただの鏡だった。そこに映る像にも、なにもおかしなところはなかった。

――そしてそれは、突然起こった。

まるで誰かが息を吹きかけでもしたかのように、鏡の面《おもて》がさあっと曇ったのだ。一面白い靄《もや》がかかったようになり、何も見えなくなる。

高槻が目を瞠《みは》り、ぐっと鏡の方に身を乗り出そうとした。尚哉は思わずその体をつかみ、引き止める。これ以上この鏡に近寄ってはいけない。この鏡はまずい。尚哉にはそのことがはっきりわかるのに、なぜ高槻にはわからないのだろう。

そのときだった。

鏡の面を覆い尽くしていた靄が、かかったときと同じく、急速に晴れた。

だが、おかしかった。

鏡には、高槻も尚哉も志穂の父親も映っていなかった。それどころか、この部屋の中さえ映っていない。

鏡の中に映し出されていたのは、見たこともない風景だった。

わずかばかりの草がちょびちょびと生えた、妙に赤茶けた地面。その先に、のっぺりとした白い塀が見える。塀にはなんだか中華風の屋根のついた大きな門が一つ。塀の向こうに見える建物の屋根にも、中国映画でよく見かけるような趣がある。

何だこれは、と尚哉は思う。

鏡なのに、まるで何か別の場所の映像が映っているかのようだった。

鏡は異界に向けた窓であり、扉でもある——高槻がそう言っていたのを思い出す。

鏡は過去にも未来にも、そしてそのどちらでもないどこかにも通じるという。

ならば、今この鏡に見えているこの世界は、一体どこなのか。

やがて鏡の中で、門が開き始める。音は聞こえない。だが、どうしてか頭の中で、ぎぎいっと蝶番《ちょうつがい》が軋《きし》んだ音がはっきりと聞こえた気がした。

門の中には、たくさんの人がいた。

服装はまちまちだ。背景に見える景色と同じく中国風の服装の人もいれば、洋服の人や和服の人もいる。腹巻にステテコ姿のおじさんもいる。尚哉の横で、志穂の父親が、里香、と呟《つぶや》くのが聞こえる。え、と思ってよく見れば、門の中に佇《たたず》む人々の中に、着物姿の三十がらみの女性がいる。その隣には、作務衣姿の若い男性が立っている。まさかあれが、いなくなったという志穂の母親と、従業員の男なのだろうか。

彼らは皆、開いた門から出ることなく、ただその内側にずらりと並んで立っていた。土気《つちけ》色のその顔には何の表情もなく、まるで黒い穴のような両目がぼんやりとこちらに向けられている。

彼らと視線を合わせた瞬間、異様な寒気が全身に走って、尚哉はびくりとした。瞼《まぶた》の裏を、青い提灯《ちょうちん》の幻影がかすめる。どん、どどん、という太鼓の響きが耳の底でよみがえり、どうしようもなく膝《ひざ》が笑う。

どうしてこの部屋が嫌なのか、今はっきりとわかった。

似ているのだ。この部屋の空気は。

あの——真夜中の祭の場に。

鏡の中に映る人々は、その顔に面など着けていない。でも、尚哉にはわかる。

彼らは誰一人として、生きてはいない。

「せ……先生」

尚哉は高槻に呼びかける。全身から噴き出てくる汗が冷たい。

駄目だ。ここにいたら、駄目なのだ。

今すぐ自分達は、ここを離れるべきだ。

「先生、行きましょう……っ」

吐き気をこらえながら、尚哉は懇願するように高槻に言う。

だが、高槻はじっと鏡を見つめたままだった。まるで魅入られたように。

門の中に立つ人々が、こちらに向かって一斉に手をのばしたのはそのときだった。

それと同時に、ぶわっと鏡の中から無数の手がのびてくる。半ば透けたその手はおよそ現実のものとは思えず、けれど間違いなくこちらを捕らえようとしていて、

「先生！」

——その瞬間、高槻の瞳《ひとみ》が青く輝いた。

幻のような手と交差するように、高槻の腕が鏡に向かってのびる。長い指が鏡の端をつかみ――そのまま、後ろに向かって勢いよく倒した。

鏡がひっくり返る。

幻のような手は鏡の動きのままに宙を向き、肌色のイソギンチャクのようにわらわらと揺れる。

がしゃん、という激しい音が耳を打ち、尚哉はびくっと震えた。

我に返ったような気分だった。

見れば、畳の上に倒れた鏡には、大きくひびが入っていた。一部は完全に割れ砕け、細かな欠片《かけら》がばらばらと散らばっている。もうあの幻のような手は一本も見えず、割れた鏡面に映るのもこの部屋の天井ばかりだった。

尚哉はそれを見下ろして、震える息をそっと吐き出した。

部屋の空気が明らかに変化していた。残滓《ざんし》のような恐怖がまだ心臓に残ってはいるが、あの異様な胸苦しさは消えている。

鏡が砕けたことで、異界との扉が閉じたのだ。

尚哉は傍らに立つ高槻を見上げた。

高槻は、倒れた鏡を無表情に見下ろしていた。

その瞳は今なお、青い光を浮かべていた。やがて、強い輝きを放っていた藍色《あいいろ》の瞳から、まるで波が引くように青みが抜けていく。完全にその瞳が色を戻した瞬間、ぴくっと高槻の肩が小さく震えた。

高槻がまばたきする。「え？」という小さな声が、その唇から漏れた気がした。

高槻はあらためて足元の鏡を見下ろし、ぎょっとしたように一歩後退《あとずさ》った。

「えっ……あ、わあ、申し訳ありません、松井さん……！」

志穂の父親を振り返り、困惑を色濃く瞳に浮かべて、おろおろと謝罪を始める。

「すみません、うっかり倒してしまったみたいです。すみません、本当にごめんなさい、あの、弁償とかできるものかわからないんですけど、これ、どうしましょう……」

「——いいんです」

すみませんすみませんと頭を下げる高槻を押しとどめるようにして、志穂の父親が言う。え、と高槻がまた言って、志穂の父親を見た。

志穂の父親は割れた鏡を見下ろし、もう一度言った。

「いいんですよ。……本当は、もっと早くこうすべきでした」

「で、でも、これ、家宝なんですよね。だったら……」

「家宝なんかじゃありません。これは、我が家にかかった呪いです。——さっさと壊すべきだった」

きっぱりとした口調で、志穂の父親が言う。

高槻はまだ困惑の色を瞳に浮かべたまま、志穂の父親を見つめた。

「この鏡は……どういう経緯で、この家に来たんですか？」

「——祖父の代に、借金のかたに誰かから取り上げたものだと聞いています。この鏡のせいで、もう何人もの人間が姿を消しているのは事実です。祖父はこれを、人喰《ひとく》いの鏡と呼んでいました」

「人喰いの鏡……」

「私は、この鏡が人を喰うのを、目の前で見たことがあります」

志穂の父親が言う。

「この鏡の前で髪を梳《と》かしていた祖母が、気づいたらいなくなっていたんです。祖父にそう訴えたら、忘れろと言われました。お前は何も見なかった、お前のせいじゃない、忘れてしまえ、と」

忘れろ——それは、志穂の母親がいなくなったときに、彼が志穂に向かってかけた言葉と同じだ。

だが、忘れられるわけもない。

消えてしまったのは、大事な家族なのだから。

高槻が尋ねる。

「人を喰う鏡とわかっていて、なぜ手元に置き続けたんですか？」

「この鏡を手に入れてから、商売が上手《うま》くいくようになったからですよ」

吐き捨てるように、志穂の父親はそう答えた。

「祖父はたぶん、借金のかたにこれを取り上げるときに、これがどういうものなのか聞いていたんだと思います。鏡は、家長に従う。家長のことは喰わない。だから、人の寄りつかない部屋に安置し、供え物をして祀《まつ》れ。祖父はそう言い遺《のこ》し、私の父が鏡を継ぎました。父の後は、私が……確かに、商売はずっと上手くいってます。周りの同業者が皆困っているときでも、うちは、うちだけは、いつだって大丈夫だった。でも、それは……この鏡が、人を喰ったその力でもって、うちを守っていたからなんです」

　志穂の父親はそう言って、両手で顔を覆った。

「さっき、鏡に映った人々の中に……里香がいました。祖母も、里香と一緒に消えた男も。皆……皆、この鏡に喰われたんです」

　すすり泣くような声で言って、志穂の父親はもう一度鏡を見下ろした。

「この鏡はここで壊れて正解だった。でなければ、私は志穂にこの呪いごと、旅館を継がせていた。……もっと早くに壊しておけば……里香は、あんなことには……」

　そのときだった。

どたどたという元気のいい足音が、廊下を走って近づいてくるのが聞こえた。

「ちょっとやだ、何で先生、納戸の中に入ってるんですか!?　入っちゃ駄目ってあれだけ言ったのに……って、あれ、お父さん？　え、どういうこと……あれっ、何これ、ねえ、鏡割れちゃったの!?」

　志穂だった。

外国人観光客の道案内を終えて帰ってきたらしい。納戸の中の惨状を目にして、大声を上げる。

「やだもう、何があったの一体！　先生、怪我とかしてないですか？　ていうかお父さん、泣いてんの⁉　やだやだやだちょっともう、どうしたのいい年してそんな、普段使ってもいない鏡が割れたくらいで泣かないでよ……」

振り返った父親の泣き顔にびっくりして、志穂が慌てた声を出した。傍に歩み寄り、よしよしとでもいうように背中をさすってやる。ちょっとこれどういうこと、という顔で志穂がこっちを見るが、一体どこから説明してやればいいのかわからない。

ぐすり、と志穂の父親が、子供のように大きく洟《はな》をすすった。

「……志穂。お前、旅館継ぐの嫌か？」

「え？　うん、そりゃまあ……私、旅館の女将《おかみ》って柄じゃないもん。たまに手伝うくらいならいいけど、一人で切り盛りするのとか、絶対無理」

「そうか。それなら、仕方ないかもしれないなあ」

作務衣の袖《そで》でぐいと顔を拭《ぬぐ》い、志穂の父親が言う。

志穂が目を瞠《みは》った。

「え⁉　お父さん、今何て言った⁉　継がなくていいって言ったの、もしかして！」

「お前がどうしても嫌なら、それもありかもしれんと思っただけだ。……この話は、また後でゆっくりしよう。それより、箒《ほうき》とちり取りを持ってきてくれないか。これを片付けないと」

「あ、うん、わかった。——ねえ、でも、今言ったこと忘れないでよ!? 後で知らないとか言うのなしだからねー!?」

志穂が廊下をまたどたどたと走っていく。志穂の父親はまたぐいと作務衣で顔を拭って、「あの落ち着きのなさじゃ、旅館の女将なんて端《はな》から無理かもなあ」と呟《つぶや》く。

高槻が言った。

「いいんですか? 本当に。……志穂さん、本気で喜んでますよ」

「ええ、いいんです」

志穂の父親はうなずき、畳の上に膝《ひざ》をついた。倒れた鏡の台座に手をのばす。

壊れたのは鏡だけかと思っていたが、細かな透かし彫りが施された木製の台座部分も、一部が砕けていた。それを見て尚哉は、そこまで壊れるほどの衝撃だったかなと、怪訝《けげん》に思う。高い場所から落としたとか、コンクリートの床に倒したとかならともかく、畳の上に倒したくらいでそこまで壊れるだろうか。

いや——おかしい。

よく見れば、壊れた台座はまるで朽ちたように黒ずんでいた。え、と思って鏡の方に目を向ければ、ついさっきまでぴかぴかに光っていたはずの鏡には一面茶色い染みが浮き上がり、ぼやけたように曇りきっている。まるで、長い年月を経た後のように。

鏡はもうその妖力《ようりょく》を完全に失ったようだった。

「私はずっと、この鏡があるから、この旅館を続けなければいけないんだと思っていました。誰かが家長になってこの鏡を受け継がなかったら、きっとこの鏡は無差別に人を喰うのだと――そう思っていたんです。でも」

砕けた台座の破片を無造作に投げ捨て、志穂の父親は言った。

「この鏡がなくなったなら……呪いが消えたのなら、もう、そうする必要はない。……まあ、とはいえ家業は家業ですから、もう少しきちんと志穂とは話し合いますがね」

晴れやかな顔をしていた。

この人はたぶん――ずっと、鏡の呪いに縛られていたのだろう。

祖母を喰われ、妻を喰われてもなお、抱え続けた家の呪い。

旅館を継ぐ継がないの話は、あるいは志穂との間でまだひと悶着《もんちゃく》あるのかもしれない。でも、それは、単に親子の間の話し合いで済むはずだ。

やがて志穂が、箒とちり取りと軍手を持って戻ってきた。親子は協力して、壊れた鏡を片付け始めた。割れた破片が拾われ、ゴミ袋の中に投げ捨てられる。ひびの入った汚い鏡を見て、志穂が、うえ、と顔をしかめる。

しばらく二人の作業を見守ってから、高槻が言った。

「それじゃあ、僕達はそろそろお暇《いとま》しようかな」

「あ、先生、どうもありがとうございました！……なんか鏡、割れちゃいましたけど、これ、結局『紫鏡』じゃなかったんですよね？」

箒を持ったまま、志穂が高槻を振り返って尋ねる。

高槻は答えた。

「うん、違うよ。これは『紫鏡』なんかじゃないし、勿論《もちろん》君は二十を超えても死ぬことはない。だから、安心していいよ。……それじゃ、お父さんを大切にね」

はあい、と志穂が返事をする。その後ろで、志穂の父親が深々と頭を下げた。

旅館を出て歩き出しながら、尚哉も高槻もしばらく無言だった。

まだ陽が落ちるには早い時刻だが、なんだか辺りは薄暗く思えた。あまり広さのない路地を歩いているせいか、周りの建物が光を遮っているのかもしれない。

高槻は、先程来た道を戻るのではなく、足の向くままといった様子で進んでいく。大まかに見れば駅の方向ではあると思って、尚哉はその後をついていく。

一歩先を行く高槻の背中に向かって、尚哉は口を開いた。

「……先生」

「何？　深町くん」

こちらを振り返らぬまま、高槻が答える。

尚哉は尋ねる。

「――さっき、鏡を壊したときのこと、覚えてますか？」

高槻が沈黙した。

尚哉は重ねて尋ねる。

「記憶に、残ってますか？　鏡を壊したこと」

「……ううん」

足を止め、高槻がふらりとこちらを振り返った。

少し血の気の引いた白い顔をこちらに向け、高槻が言う。

「鏡から手が出てきたところまでは覚えてる。でも……その後、気がついたら、いつの間にか鏡が倒れて、壊れてた」

ああやっぱり、と尚哉は思う。

あのとき、鏡をつかんで倒した高槻の瞳《ひとみ》の輝き。別人のような無表情。

あれは——『もう一人の高槻』だ。

「先生……大丈夫ですか？」

そう尋ねてから、この問いを繰り返すのは何度目だろうかと尚哉は思う。

高槻は答えなかった。

かすかな笑みを唇に浮かべて——またふらりと前を向く。

ゆっくりと歩き出した高槻の後を、尚哉は追う。

もしあの『もう一人の高槻』が出てこなかったら、高槻も尚哉も鏡の中に引きずり込まれていたのかもしれない。あの鏡に松井家の家長以外の者が姿を映せば、喰《く》われてしまうというのだから。

志穂の母親が姿を消したという日の出来事を、尚哉は想像する。

彼女は何度もあの部屋で男と逢瀬《おうせ》を重ねていたという。唇を、体を重ね、睦言《むつごと》を囁《ささや》き、甘やかで背徳的な秘密の部屋として、あの場所を使っていた。

彼女は知らなかったのだろう。あの鏡がどんなものなのか。

あるいは夫から聞かされていたのだとしても、彼女はそれを信じなかったのだろう。

男との逢瀬のとき、鏡には覆いがかかったままだった。だから鏡はその妖力を秘めたまま、ただの調度品と変わらぬ様子でそこにあり続けた。

――その日、鏡から覆いが外れたのは、なぜだったのだろう。

男と抱き合ううちに、無意識にのばした手が布の端を握りしめて落としたのか。それとも行為の後、髪や着物を整えるために、せっかく姿見があるのだからと使おうとしたのか。

紫の布が滑り落ち、滑らかな鏡面が姿を現す。そこに映し出されたあの景色を、志穂の母親はどのように思ったのだろう。

そして彼女は、不倫相手の男ともども、鏡の中に呑《の》み込まれた。

鏡が壊れてしまっても、喰われた人達は戻ってはこなかった。あの鏡の中の異界が何であれ、一度捕まればもう助からないのだろう。

自分達は、守られたのだ。あの、『もう一人の高槻』に。

「……やるものか」

そんな呟きが聞こえた気がして、尚哉は視線を前に戻した。

高槻は尚哉の少し先を歩いている。

低い呟きが聞こえる。

「彰良は、誰にもやるものか」

——全身の毛が逆立ったかと思った。

その声は、尚哉がよく知る高槻の声だ。不思議なほどに濁りのない、響きの良い声。

だが、普段の高槻とは全く違うとも言える。あの人は、こんなかけらの感情も窺《うかが》えない声では話さない。

尚哉は思わず手をのばし、その腕を強くつかんだ。

高槻が振り返る。

吸い込まれそうなほどに深く昏《くら》い藍色《あいいろ》の瞳が、冷たく尚哉を見下ろす。

「先生」

尚哉はその目を見上げて、そう呼びかける。

「先生……高槻先生！」

前に、山梨でこの『もう一人の高槻』と初めて会ったときには、こうやって強く呼びかけたら高槻は戻ってきた。だから今度もきっと戻ってくるはずだ。

けれど高槻は、わずかに首をかしげただけで、そのまま尚哉を見下ろし続けている。

その瞳はいまだ昏い夜空の色のままで、尚哉はぞっとする。

「先生……っ」

　そのとき、すうっと高槻が身をかがめるようにして、尚哉の方に顔を寄せた。

　よく知っているはずなのにまるで別人のように見えるその秀麗な顔を間近で見ながら、尚哉はなす術もなく身を強張らせる。

　すん、と高槻が小さく鼻を鳴らすのが聞こえた。

「――ああ。やっぱりまだお前からは、黄泉《よみ》のにおいがする」

　高槻が言う。

　いや、違う。これは高槻ではない。『もう一人』の方だ。

「彰良よりも深く黄泉に近づいたせいだ。おかげでよく覚えているのだろう？　死者の国の空気を」

　淡く輝く夜空の瞳で間近から尚哉を見つめ、『もう一人の高槻』はほんのわずかに唇の端を持ち上げた。

　笑った――のだと思う。

「礼を言わなければな」

　感情のない声が、囁くように言葉を紡ぐ。

「あのとき彰良を黄泉から戻してくれて、ありがとう」

　高槻のものであって高槻でないその声は、なんだかひどく恐ろしく聞こえる。

　尚哉は身動きもできぬまま、『もう一人の高槻』を見上げ続ける。

　これ以上この瞳を見つめるのは危険だと、本能が全力で警鐘を鳴らしている。なのに目がそらせない。吐息が触れる距離から、本物の夜空を奥底に抱えた瞳がこちらを見つめている。尚哉はその中に必死になって普段の高槻を捜す。いるはずだ。このどこかに、高槻は必ずいる。

けれど、尚哉が高槻を見つけるより前に、『もう一人の高槻』は尚哉からふっと身を引いた。腕をつかんだ尚哉の手をわずかな動きで払いのけ、またふらりと前を向く。

歩き出す。

尚哉を置いて、一人でどこかへ。

「せ……先生っ！」

自分でもびっくりするような声が出た。

高槻の背中がびくっと震えた。

「──えっ、どうかしたの？　深町くん」

驚いた顔で高槻が振り返る。尚哉は高槻に駆け寄り、その顔を見上げた。

その瞳はいつも通りの焦げ茶色で、その表情はいつも通りに人懐こくて。

けれど尚哉の顔を見た瞬間、高槻は小さく息を呑んだ。

気づいたのだ。

おそらくは、自分を見る尚哉の表情で。

「……深町くん、僕、今……？」

尚哉はぎりっと奥歯を噛みしめた。

ああ、と思う。

あの『もう一人の高槻』が出てくる度、高槻の記憶は虫食い状態で欠落していく。

これまでも起きていた事態なのだろうか。尚哉が気づいてなかっただけで。

でも、なんとなく——『もう一人の高槻』が出てくる頻度が高くなっているのではないかという気がする。

だって、意識を失ってもいない高槻と、こんなにもスムーズに入れ替わるなんて。

「——深町くん」

高槻が、尚哉の腕をつかんだ。

「僕は今、何をした？」

つかまれた腕の痛みに、尚哉はわずかに顔をしかめる。

だが、高槻はそれにも気づかない様子で、厳しい表情を浮かべて言う。

「僕は君に何か言ったのか？……君に、何かしたのか」

「お礼を、言われました、けど」

「……お礼？」

「はい」

ていうか痛いです、と言って、尚哉は高槻の手をそっと振りほどいた。

高槻は困惑した顔で尚哉を見ている。

尚哉はまだ少し痛む腕をさすって、

「黄泉から先生を連れて帰ってくれてありがとう、だそうです」

「……ええと、意外と律儀なのかな、『もう一人の僕』は」

「どうでしょうね。たぶんあの『もう一人』、先生のこと結構好きなんだと思いますよ。あと、俺は黄泉のにおいがするんだそうです。先生よりも深く黄泉に近づいたからしいですけど。……なんか、においを嗅がれました」

「僕の体で一体何をしてるんだろうね、『もう一人』は……」

思いのほかフリーダムな『もう一人』の行動を聞き、高槻が片手で顔を覆う。

そして高槻は、ぐしゃりと乱暴に前髪をかき上げると、大きく息を吐き出した。

「まったく、油断も隙もないなあ。勝手に人の体を乗っ取らないでほしいよ」

やや冗談めかして言われたその言葉は、けれどほんのわずかだけ、語尾が震えている気がした。

……怖いのだ。高槻とて。

『もう一人の高槻』が出ている間の記憶は、高槻には残らない。

「先生」

尚哉は口を開いた。

あらためて高槻を見上げ――頬を持ち上げる。

「――ほら。大丈夫だったでしょう」

「え？」

高槻が怪訝な顔をする。

尚哉はその顔を見上げて続ける。

「俺が覚えてたから。知れたでしょう」

なんとか上手《うま》く笑えたと、思う。

高槻は少し口をつぐんで、尚哉を見下ろした。

それから、ふっと唇の端を引き上げて、尚哉の頭にぽんと手を置く。

「……そうだね。約束したしね」

「外部記憶装置としての役割が増えた分、バイト代上乗せしてもらいたいですね」

「……君、近頃どんどん生意気になるよね」

「あ、ちょっとっ」

例によってわしゃわしゃと髪の毛をかき回されて、尚哉は慌てて高槻の手の下から逃げ出す。

高槻は逃げた尚哉を追いもせず、踵を返した。

「先生？どこ行くんですか」

「うん、やっぱり仲見世通りでちょっと買い物して帰ろうかと思って。研究室の子達と健ちゃんに、何かお土産をね。あと、深町くんには、本日の外部記憶装置代として、何かものすごく昭和なにおいのするおもちゃを買ってあげよう。確かそんなおもちゃ屋があったよね。大事にするんだよ」

「いや、いりませんけどそんなの！」

笑いながらさっさと仲見世通りの方へ戻っていく高槻を、尚哉は追いかける。

そうしながら、尚哉は、先程話した『もう一人の高槻』の言葉を思い返す。

――やるものか、と『もう一人』は言った。

強い執着のようなものを感じる言葉だった。

今回の件で、一つだけわかったことがある。

あの『もう一人の高槻』は、記憶云々さえ脇に置けば、高槻にとって決して敵ではないのだと思う。黄泉から連れて戻ったことについて礼を言われたことといい、志穂の家の鏡から守ってくれたことといい、『もう一人の高槻』はある意味高槻の守護者といっていいのかもしれない。

とはいえ――あれの正体が何なのかわからない以上、気を許すべきではない。

この先も、『もう一人の高槻』は高槻の記憶を奪い続けるのかもしれないのだから。

……やってみろ、と尚哉は思う。

そうやって高槻の記憶を『もう一人』が消したところで、尚哉はその消えた記憶を高槻に伝え続けてやる。

――約束を、したのだ。

たとえ高槻が、己の見たものを忘れてしまっても。

もう一人の高槻が、その記憶を何度消し去っても。
尚哉が全て覚えておくと、そう約束を交わした。
ならば、この先何が起ころうとも、高槻の傍にいて、見届けよう。
高槻の背中を追って歩きながら、尚哉はそっと覚悟を決めた。

《参考文献》

・『お化け屋敷になぜ人は並ぶのか――「恐怖」で集客するビジネスの企画発想』五味弘文（角川ｏｎｅテーマ21）

・『人はなぜ恐怖するのか？』五味弘文（メディアファクトリー）

・『化物屋敷　遊戯化される恐怖』橋爪紳也（中公新書）

・『神なき時代の民俗学』小松和彦（せりか書房）

・『日本現代怪異事典』朝里樹（笠間書院）

・『日本現代怪異事典　副読本』朝里樹（笠間書院）

・『竹原春泉　絵本百物語―桃山人夜話―』多田克己編（国書刊行会）

・『桃山人夜話～絵本百物語～』竹原春泉（角川ソフィア文庫）

・『江戸怪談集　中』高田衛編・校注（岩波文庫）

・『江戸怪奇標本箱』藤巻一保・花輪和一（柏書房）

・『日本随筆大成　新装版〈第一期〉1』日本随筆大成編輯部編（吉川弘文館）

・『うわさと俗信　民俗学の手帖から』常光徹（河出書房新社）

・「鏡と信仰―民俗学からのアプローチ―」小松和彦（『「鏡」がうつしだす世界：歴史と民俗の間　そのだ歴史民俗ブックレット1』岩田書院）

本書は書き下ろしです。

この作品はフィクションです。実在の人物、団体等とは一切関係ありません。

准教授《じゅんきょうじゅ》・高槻《たかつき》彰良《あきら》の推察《すいさつ》6

鏡《かがみ》がうつす影《かげ》

澤村《さわむら》御影《みかげ》

令和３年　５月25日　初版発行
令和６年　10月30日　24版発行

発行者●山下直久

発行●株式会社KADOKAWA
〒102-8177　東京都千代田区富士見2-13-3
電話　0570-002-301（ナビダイヤル）

角川文庫 22675

印刷所●株式会社KADOKAWA
製本所●株式会社KADOKAWA

表紙画●和田三造

●お問い合わせ
https://www.kadokawa.co.jp/（「お問い合わせ」へお進みください）
※内容によっては、お答えできない場合があります。
※サポートは日本国内のみとさせていただきます。
※Japanese text only

ISBN 978-4-04-111146-8　C0193

角川文庫発刊に際して

角川源義

第二次世界大戦の敗北は、軍事力の敗北であった以上に、私たちの若い文化力の敗退であった。私たちの文化が戦争に対して如何に無力であり、単なるあだ花に過ぎなかったかを、私たちは身を以て体験し痛感した。西洋近代文化の摂取にとって、明治以後八十年の歳月は決して短かすぎたとは言えない。にもかかわらず、近代文化の伝統を確立し、自由な批判と柔軟な良識に富む文化層として自らを形成することに私たちは失敗して来た。そしてこれは、各層への文化の普及滲透を任務とする出版人の責任でもあった。

一九四五年以来、私たちは再び振出しに戻り、第一歩から踏み出すことを余儀なくされた。これは大きな不幸ではあるが、反面、これまでの混沌・未熟・歪曲の中にあった我が国の文化に秩序と確たる基礎を齎らすためには絶好の機会でもある。角川書店は、このような祖国の文化的危機にあたり、微力をも顧みず再建の礎石たるべき抱負と決意とをもって出発したが、ここに創立以来の念願を果すべく角川文庫を発刊する。これまで刊行されたあらゆる全集叢書文庫類の長所と短所とを検討し、古今東西の不朽の典籍を、良心的編集のもとに、廉価に、そして書架にふさわしい美本として、多くのひとびとに提供しようとする。しかし私たちは徒らに百科全書的な知識のジレッタントを作ることを目的とせず、あくまで祖国の文化に秩序と再建への道を示し、この文庫を角川書店の栄ある事業として、今後永久に継続発展せしめ、学芸と教養との殿堂として大成せんことを期したい。多くの読書子の愛情ある忠言と支持とによって、この希望と抱負とを完遂せしめられんことを願う。

一九四九年五月三日

憧れの作家は人間じゃありませんでした

澤村御影

極上の仕事×事件(?)コメディ!!

憧れの作家・御崎禅の担当編集になった瀬名あさひ。その際に言い渡された注意事項は「昼間は連絡するな」「銀製品は身につけるな」という奇妙なもの。実は彼の正体は吸血鬼で、人外の存在が起こした事件について、警察に協力しているというのだ。捜査より新作原稿を書いてもらいたいあさひだが、警視庁から様々な事件が持ち込まれる中、御崎禅がなぜ作家になったのかを知ることになる。第2回角川文庫キャラクター小説大賞《大賞》受賞作。

角川文庫のキャラクター文芸

ISBN 978-4-04-105262-4

ISBN 978-4-04-108752-7